ゴージャスなナポリタン

丸山浮草
UKIKUSA MARUYAMA

産業編集センター

ゴージャスなナポリタン

CONTENTS

第1章
冷たいごはんの日々

ある一日

自分にとって身近な場所や出来事、当たり前だと思っていたことが、なにか特別なものだと知らされるのは、とても印象深いもので、ましてやそれが授業の最中だったりすると、意外といつまでも覚えていたりするものだ。

ともふささんの場合、いまでもよく覚えているのは陽射しの強い初夏の昼下がり、小学校の二階、窓際の席でほおづえをつきながら聞いた先生の言葉、そこに出てきたある単語である。

「君たちが暮らす現代日本の社会では、おじいさんやおばあさんのいない、親子だけで暮らす『核家族』というものが増えています。さらに兄弟姉妹が減ってきていてね、ひとりっこが増えているんだ。だから親子三人の『核家族』も増えています。これは、昔ながらに受け継いできた田んぼや畑のない、都会で暮らす人たちの――」

太陽に照らされてきらきらと輝くグラウンド脇のサルビアの花壇をうす暗い教室からぼん

やりながめていた、当時十一歳のともふささんの耳がぴくりと動き、背筋がぴんとのびる。机のはしを両手でガシッとつかみ、椅子に座っているのにつま先を立て、首をぐいっとのばして左右にぐるぐる回す。教室のあちこちで、ああ、じゃあサクラダんちって核家族じゃね。あ、タカハシもそうか、というこどもたちの声がちらほらとあがった。話のつづきを聞きなさーい、と注意する先生のその声をうわのそらで聞きながら、ともふささんはこころの中で、うちも三人家族で、核家族らて！　なんか授業でおれんちのことといわれたて！　と、なぜかうっすら興奮し、鼻から熱い息をふんふん、ふんふん、噴射しながら、おれんち何回も遊びに来て『コロコロコミック』たくさん読んでるくせになんでおれのことといわねんてオオノくん！　とか思っていたのであった。

そして月日は百代《はくたい》の過客《かかく》にして光陰矢のごとし。よどみに浮かぶうたかたのように現在の出来事は生じた瞬間から過去の記憶となり、夢と希望の遠い未来は退屈でどこかさえない今日となり、あっというまに、あれから数えて三十余年。

不惑《ふわく》の四十歳を越えた、ともふささんの家がどうなっているのかというと、いまもまだ両親といっしょに親子三人、核家族のままなのだった。

ともふささんは日本海に面した、とある地方都市の小さなデザイン会社に勤めているのだが、デザイナーではない。ライター職として印刷コンペや販促企画や商品企画やイベントなどの企画書を作成し、会社案内や学校案内や販促用印刷物、取扱説明書などの原稿を書いている。主なクライアントは中小企業で、庖丁や鍋など金物の大産地として知られる隣の市に多く、どちらかといえばやっていることはハウスウェアや食品などのメーカーの企画部や広報にちかい。ともふささんが考えた文章がテレビなどで派手に流れるわけではないが、会社のことや学校のこと、そして商品を使う人のことを考えながら「これは伝えたい」「こういうのもいっておくといいね」「こうしたほうがぜったいわかりやすい」と自分なりに工夫しながら原稿を書くことが、ともふささんは大好きである。なんというか、性《しょう》にあっているという気が、すごくするのである。

もちろん、地元の新聞広告や雑誌広告を手がけることもたまにあるが、そのようにクリエイティブな要素が求められる機会は本当に、まれである。広告のプロジェクトに参加するといっても、どちらかといえば地元に置かれた大企業の支社から「この街でイベントの告知を打つことになったんだけど手伝って」なんて感じで声をかけられる場合が多く、こういう仕事の場合、たいていは東京の大手広告代理店が立てた企画に乗っかって「とにかくコンベンションホールを満員にしなきゃいけないんだよね。僕の栄転がかかってんだよね。わかるよね、ともふささん。僕はこの街で家のローンとか組みたくないいんだよね。野望は終わらない。

終わっちゃいけないんだよね。ネヴァー」という殺気立った担当者のプレッシャーを背中で感じながら、集客ノルマを達成することが至上命題になる。そうなると、殺人事件の凶器として使用されてもなんら不思議ではないほど凶悪な、ぶ厚く重い販促業者のカタログをドサリバサリと何冊もテーブルに広げ「来場者抽選プレゼントのC賞にはこの折り畳み傘なんかいいんじゃないでしょうか。もう梅雨だし」なんて会話をしている時間のほうが原稿を考える時間より長くなっていたりもするのである。

そんなこんなで勤めはじめてもうすぐ二十年。

それはそれで楽しいし、いまや、それなりに部門の責任者でもあるのだが、

それはそれでなんだかなという気がすることもたまにある。

ともふささんは、そんなとき、きまって思い出す。このコピーライターの地元支店に勤め、「コピーライター」の肩書きを持つ知りあいの愚痴を、大手広告代理店のコピーライターはナショナルブランドとして知られる大きなハム会社のこども用スパイシー・ウインナー、その名も『ぼくのウインナー』の広告で「パパママ☆ショック！　おとなになるまで待てない！　◎本格皮なしタイプ」というコピーを提案したあと、担当営業ともども東京からの異動が決まってこの街に赴任してきた男で、舞台はきまって居酒屋、台詞《せりふ》はだいたいこんな感じだ。「まあだ、ともふささんの会社なんていいほうですよ、あのねえ、地方の支店のコピーライターなんて、

コピーライターじゃない、もう『告知ライター』ですよ。告知ライター……告知とコピーはちがうんですよ。わかりますか、ともふささん。聞いてるんですかともふささん！」そして彼は告知ライター、告知ライターと、なにか重く湿った呪《のろ》いをかけているかのように何度も何度も何度も何度もともふささんに向かって繰り返すと今度は必ず、「告知ライダーッ！へんしーん、トウッ！」と叫んで椅子の上から天井に向かって大ジャンプに挑戦しE＝mghの導きのままに料理満載のテーブル上へ落下。大惨事を招くのだった。

たくさんの雀がちゅんちゅん飛びかい、うまれたばかりのひなたちに餌を運ぶよく晴れた五月の朝。ともふささんは勤務先である、戦前に建てられた小さな四階建ての自社ビルディング――当時の左官職人がモダンの三文字を独自に解釈して腕をふるったかのような、立派な窓の装飾を持つ――の三階、六人のデザイナーと部下のライター一名が黙々とパソコンに向かう企画部のオフィスでノートパソコンのキーをカタカタと軽快に打っている。「今日はなんだか指が軽いなあ」そして、ふと「おれの手からこの指がふわふわ飛んでいったら労災下りるのかな」などと思い、そんな想いを浮かべる自分自身に、にやにやと微笑《ほほえ》む。ともふささんが作っているのは、あるアイディア商品メーカーから依頼された『冷蔵庫カレンダー』なる商品の流通用企画書である。それは三十一マスの空欄があるプラスチックのホワイトボードで、ご家庭の奥様がその空欄に今日買った食品の賞味期限を「これは来週の十一日まで。だから十一日の欄に豆腐と書いとこう♪（キュキュッ――付属のサインペンの音）」「この牛乳はあらやだ、明後日《あさって》じゃないの。じゃあ明後日のマスに牛乳、ね（キュキュッ）」とひとりごとでもつぶやきながら、忘れないように書きこんでいくためのものである。ひと月の範囲で追えないものは、メモ欄に記入すればＯＫ。家族のメッセージも伝えることができるなかなかのすぐれもので、裏には必要以上に強力なマグネットがついているから、そのまま冷蔵庫のドアにぺたんと貼っておけるのである（ただし剥がすときには怪力が必要となる）。そして、ともふささんは、これはなんて便利なんだろうと自らに深くいい聞かせながら、この商品を仕入れれば会員の皆様方からお褒めにあずかることまちがいなし、と生協の担当者にアピールするために言葉をつづっているのである。目の前にあるのはパソコンのディスプレイだが、ともふささんは、一度も会ったことのない担当者の顔がそこにあることをイメージし、どうやったらその人を説得できるか考えながら書類を作ってゆく。それは「ひとり商談」ともいうべきもので「ああいえばこういう」状況をいくつも想定しながら、イラストやグラフや表や文章を組み立ててゆくのである。こころはメーカーの担当者といっしょにプレゼンの現場にいるようなもの。常在戦場の心意気であり「かゆいところに手を届けたい」という親切心の権化《ごんげ》である。この仕事、そうでなければ、やってられないし、やってはいけない。気持ちを入れないと、気持ちは伝わらないのである。

ともふささんと向かい合わせのデスクに座る安藤さゆりさんは、腕組みをし、ひとりうなずく。さて今日も、上司はなにやら快調なようだ。資料の山のむこうに見えるともふささんは、目の前のノートパソコンに向かい、にこにこ笑ったり、真剣な顔つきになったり、うんうん首をたてに振ったり横に振ったりしている。大学を出てこの会社に就職し、ともふささんの部下になって二年、さゆりさんは、なんというかいろいろなことがだいたいわかってきた。なかでも「これだけは」と確信を持っていえることがあり、それはなにかというと、この上司は、調子がいいとひとりごとをつぶやくのである。たぶん、もうそろそろだなと思った瞬間「そうはおっしゃいますけど」と、聞こえるか聞こえないかぐらいの小さな声でともふささんがつぶやいた。なるほど。ふむふむ。そうきたか。このひとりごとには相手がいるようだ。つまり、この上司は、会社のオフィスの自分のデスクに座っていながら不可視の客を相手にプレゼンを行っているのである。となると、たぶん作っているのは企画書だろう。コピーなど原稿を作っているときは、そうだよな、とか、これだよな、とか自分で自分に問いかける、いわゆる内省的なひとりごとの場合が多い。そこまでわかれば、あれだな、冷蔵庫のやつだな、とだいたいやっている仕事の中身まで見当がついてしまう。まあ、そんなことがわかったところであたしにはなんにも関係ないけどね、と思いつつ腕組みをとき、メモ用紙に一の字を書く。すると「なるほどー」とまたしても、ともふささんが空耳レベルの小声でいうものだから、すかさず棒を一本つけたし、Tの字にした。つまり、さゆりさんはともふささんのつぶやきを正の字にして記録しているのである。

なぜならば。

さゆりさんはお昼休みになると、一階総務部の応接室で総務のかおりさんや業務のタケコさん、グラフィックデザイナーのもみじさんといっしょにお弁当を食べる。そして、おなかがいっぱいになって、満たされた気分になったところで、食後のちょっとしたエンターテイメント「ともふささんが午前中何回つぶやいたか当てまショー」の、答え合わせを行うからである。

その日でいうと、さゆりさんは八回、かおりさんは十回、タケコさんは五回、もみじさんは二回と予想していたのだが、結果は二十四回と圧倒的で、「ひさしぶりに二十超えたね」と、虚脱感あふれる声でかおりさんがいえば、タケコさんはメガネをふきつつ「あんたうるさくないの」とさゆりさんに妙にシャキッとした口調で訊《たず》ね、「まあねー。蚊の鳴くような小声だから余計に気になるときがあるけど、よっぽど調子がいいんじゃないの。それって会社にとっていいことだし」さゆりさんがそうこたえると、それを受けて「あんたはよくできた部下だわー」なんてこころからの賛辞をため息とともに送るもみじさんは、正解からもっとも遠い数字だったのでみんなのためにアイスを買いに行かなければならず「でもここまでくると、もう病気じゃないの」といって席を立つのだった。

このように、さゆりさんは、ともふささんで遊んだりもするわけだが、基本的に、この上司には一目置いている。こうるさいつぶやきにとやかくいわないのは、それゆえの寛大な処置なのである。というのも、さゆりさんが入社してから半年目くらい、ようやくまともな仕事をいろいろと任せてもらえるようになったころのこと。夕方、東京出張からもどってきたともふささんに、その日作った会社案内の文章をチェックしてもらったところ、案の定、書き直しを命じられたのだが、そのときに「お前さあ、ここの三行目と四行目のあいだでたぶん二、三十分休憩しただろ」といわれ、なにしろ、事実、まったくその通りだったので、とにかく驚いた――ということがあったからである。以来、あんたの上司、病気じゃないの、という同僚の言葉に対しても素直に「そうだよねー」などとはいえず、だからといって擁護する気にもなれず、なんというか「敬して遠ざける」よりは「敬しておもちゃにする」ほうが面白いんじゃない？　みたいな態度に至り、事実、実践しているわけである。そしてそれはいまのところ女性社員にとって昼休みのささやかな気晴らしの種になっており、そのため、ともふささんの評判も意外とそんなに悪くなってはいないのであった。

午前中はいまそこにいないふれえぬ誰かと熱のこもった商談を行い、午後からは内なる自分と対話をし、まるで深淵をのぞきこむようにしながら銅のフライパンの販促コピーを考えていたともふささんは、ノートパソコンからふと顔を上げ、ビルの窓から夕焼けの空を眺める。

空の色は地上からその高みにかけて、鮮やかな紅色から桃色に近い薄紫になり、そしておだやかに輝く星をちりばめた濃紺にかわってゆく。そのはるか下には、ちらほらと灯《あか》りの点《つ》きはじめた高いビルの影が何本も並び、さらに手前にはゆるやかにまがりながら下ってゆくインターチェンジの蒼《あお》く大きなシルエットが横たわっている。インターの出口からつづく四車線道路に沿って古くからある住宅街が広がり、長い歴史を持つ小学校や中学校も、伝統を守りつづける商店のビルも、最近できたばかりのスーパーマーケットも、細い路地と家々に囲まれ、そこからニョキッと顔を突き出すようにして建っている。この古く小さな戦前生まれの自社ビルも例外ではなく、エントランスの前にある小さな公園を新旧大小様々な住宅とともに取り囲みながら、なんとか大地にふんばってまっすぐ背を伸ばし、その顔を家々の屋根の上に、よっこらしょと出している。そんなビルのほんのすこし開けられた窓からは絶え間なく近づき、遠ざかる無数のクルマの音とともに、春のそよ風と、公園を駆ける小学生の足音や笑い声が流れこんでくる。耳を澄ませば、たくさんの買い物袋を載せて自転車をこぐペダルの音や、規則正しい歩調で右から左へ通り過ぎるウォーキングシューズの音、赤ん坊のむずかる声もかすかに聞こえてくるようだ。

ともふささんは、四角い窓に切り取られた夕景をぼうっと眺め、街からあふれ出る音と風を感じながら、ほんの一瞬、「暮らし」っていうのは、こんな瞬間の積み重ねなんだよな、と思う。そして、四十も過ぎているのにいつまでも独り身で、日がな一日パソコンの画面を見つめ、キーを叩いてはうなったり、ため息をついたりしているようないまの自分は、その暮らしを、きちんと生きているっていえるのかなあ、と不安になった。

ほんの一瞬。

星が一回、またたくくらいのあいだ。

ちょっと寒いですかねえ、といいながらデザイナーのヨシムネくんが立ち上がり、窓をパタンと閉める。もうすぐ衣替えなのに、まだ夜は冷えますねえ。

もうひとふんばりだな、と思いながらともふささんは目の前のノートパソコンに視線を移す。でも、その前にちょっとインターネットの匿名掲示板「2ちゃんねる」のニュース速報板でものぞいてみようかな、と思い直し、ブラウザを立ち上げる。じつは、ともふささんは、こどものころからずっと、人並みはずれて、とてもマンガが好きだ。だから政治資金スキャンダルの報道で発覚した「国家戦略担当大臣が政治資金で買っていたマンガ」のタイトルが判明したかどうか、今日一日、ずっと気になっていたのだった。

ともふささんが夕焼けを眺めていたのとほぼ同じその時刻、ともふささんの母親、七十歳を目前に控えたみいこさんは小さなザルを持って玄関の引き戸をカラカラと開け、外に出た。

四十年ほど前に購入したこの家は三人家族にとって充分に広く、玄関から門まで小さな庭が広がっている。みいこさんと夫の共通の趣味は園芸や野菜作りで、その庭で紫陽花、朝顔、夾竹桃《きょうちくとう》、山茶花《さざんか》などの花々や数々の野菜を育てており、春のこの季節、そこは明るい白や薄桃色のツツジが咲き乱れる、ほんとに小さな緑の森のようになっている。そしてこの時期、みいこさんは夕方のこの時間になると庭に出て、アサツキやサヤエンドウなどの食材を調達しはじめるのが日課となっているのである。

さて、みいこさんが最近すこし曲がりはじめた腰を二、三度叩き、庭に作った小さな畑からサヤエンドウをもぎとろうとしたそのとき、近所に住む小学生の女の子たちがいっせいに、わあ、とか、きゃあ、とか大きな声を立てて家の前を横切り、駆けて行く音が聞こえた。そして、あははは、という笑い声。いったいなにごとかと背を伸ばし、女の子たちが駆けてきたほうを見ると、今度は黄色い通学帽をかぶった小さな男の子がひとり泣きながら歩いてくる。その子はちょうど家の門の前で歩みを止めると、遠ざかる女の子たちに向かい、ちくしょう、そして、ばかー、と叫び、噴水のようにあふれる涙と鼻水を長袖シャツの袖で何度も何度もふきはじめる。そして、それまで片手で引きずっていたランドセルを背負い直し、また、わあわあと泣きはじめた。

おやおや。みいこさんはそこで軒先の森の木陰からひょっこりと顔を出し、浜松さんとこの、ひろくんらねっけ、あんた、どうしたね、と声をかける。すると、ひろくんはバネ仕掛けのようなすばやさでまなこをおおきく開いてみいこさんのほうへと振り向き、ほんの一瞬見つめると、今度は、こんなはずかしいところを見られてしまったーという感じで、またしてもゆっくり表情をくずし、ふわああああっという、叫びとも泣き声ともつかない声をあげながら、涙の湧き出す目をつぶり、天にむかって顔をあげたまま両手両足をバタバタさせて、走っていったのであった。

おやまあ、とみいこさん。あたしらがこどもんときには「戦後、女とストッキングは強くなった」なんていわれったけれど、あれからずっと、女は強くなりつづけているんらろっかねえ。そういえば最近はこどもの数がどんどん減って『少子化』なんていうのも問題になってるみてだし……だいたいうちの子も結婚してればいまごろはあれくらいの孫がいるらろに……そうしたらあたしもおはじきやあやとりなんかも教えてやれるんらろもなあ……と、そこまで考えたところで、みいこさんはふたたび、サヤエンドウをもぎはじめた。あのテレビCMでやってるおっきなゲーム機なら、あたしが腕を振ったり足踏みをすればテレビのなかのお人形さんがボールを打ったり走ったりするっけ、画面を見ながら卓球やマラソンなんかの運動もちゃんとできるわけらろっし、体重測定なんかの健康管理もできるわけらし、なんていうか、あれ、いいわあ。きっと、あたしの趣味のダンスに役立つて、ぜったい。そういえばああいうゲームでインターネットもできんらろっかねえ……それともできねんらろか？……インターネットもやってみてろも、パソコンなんてちんぷんかんぷんらし、携帯電話もメールの仕方とかよくわかんねのにキーボードなんて打たんね打たんね……ああ、でも孫いたらねえ、忙しい忙しいなんて愚痴いってばっかの息子なんかよりよっぽどあてになっろし、やさしくあたしに教えてくれるんじゃねえろっか……そこまで考えたところでもぎとったサヤエンドウは三十本。この程度あればもう充分なので、みいこさんは手を止め、同時にまぼろしの孫との愛情あふれる暮らしについて広げた空想のあれこれも、こころの内に静かに畳んだ。すると、道路のほうから古い自転車のブレーキがたてる、キッ、キキーッ！　という派手な音がした。見なくてもわかる。みいこさんの夫にしてともふささんの父、しまおさんが帰ってきたのだ。

あらま。今日は早かったんなあ。

今日はぜんぜんダメらったてー、といいながら門を開けて自転車を入れる、しまおさん。自転車の荷台には巨大な四角いリュックのようなものが載せられ、後輪の両脇にはまるで昭和時代の暴走族が使った竹やりマフラーのような輝く二本の巨大な銀色の筒がくくられている。じつは、そこに入っているのは釣竿であり大きく四角い釣りバッグの中身はヘラブナ用のエサや仕掛けをはじめとする、釣り道具である。六十五歳でビル清掃の職場を引退したしまおさんは、七十一歳の現在にいたるまで会社勤めのような律儀さで毎朝四時半に起き、三キロほど離れた川へ出かけ、日がな一日釣り三昧《ざんまい》の日々を送っている。そして訊《き》かれもしないのに、たみおくんは今日フナ十二匹も釣ってさあ、こじまさんは八匹も。でもおれは三匹しか釣んねかったてー、ぃやっや。としゃべりだしたかと思ったら今度は返事も聞かずに、そこの角でひろくん泣いてたの見たろも、どうしたんて、と突然話題を変えた。なんというか、しまおさんの場合、思いついたことはとにかく全部くちに出していってしまう人なのだった。だからあんまり嘘をつかない。けれどその分、人づきあいのトラブルも起こしやすい。おとなの遊びが苦手でこどもと気が合うのもそのへんからきているのだろう。実際、よく話をしているし、近所のこどもたちからもしまちゃん、あるいは、しまじいと呼ばれたりしている。彼らにとってしまおさんは、滞空時間の長い紙飛行機を作る達人であり、ヨーヨーの秘技を伝えるマスターであり、環境破壊によって失われつつある日本の風物、ザリガニ釣りの伝統をこどもたちに伝える師匠でもあるのだ。だから、ひろくんともいわば顔馴染《なじ》みなのである。

「そんなん、あたしわからんてー」とみいこさん。

「そら、そうらろな」と、しまおさん。よく考えなくても、そんなこと、みいこさんが知っている可能性は断言してもいいがゼロなのである。あやや。とこころでつぶやいた時点でしまおさんの頭のなかでは、もう、ひろくんのことは、まあいいか、で終わってしまっている。自転車を門の内側に停め、バッグを降ろして玄関をくぐり、小さな三和土《たたき》の上にどさりと置くと、靴箱の上に置いてある『冷蔵庫カレンダー』を手にとって今日の日付のマス目に付属のペンで3と書いた。そして、メモ欄に書いてある947の数字を手のひらでババッ、となでて消し、なな、はち、きゅう、といいながら949と書き換える。おお。しまおさんが玄関に入ってくるみいこさんに、千匹まであと五十一匹らて、とうれしそうに語りかけると、みいこさんは、へー、よかったいねー、といつものように返事をし、引き戸をカラカラと音を立てて閉めた。

ともふささんが自宅の前に中古の白いカローラを停めたのは午後十一時すこし前のこと。門の中に入れるのもめんどうだし、そもそも生い茂ったツツジをはじめ様々な植物の枝や葉が玄関前の駐車スペースにはみだしており、むりに車庫入れを行うと傷もつきそうなので、今夜もそのまま家の前の道路へ置きっぱなしにすることに決め、クルマを出た。そのまま歩いて引き戸を開け、照明の薄暗い玄関に入り、靴箱の上に置かれたしまおさんの釣果《ちょうか》に目を通す。うーん。三匹釣って、なぜ合計が二匹しか増えていないのか——ともふささんは首をひねりながらホワイトボードの数字を拭いて消し、書き直す。おやじ、最近こんなかんたんな計算もやばいのか、と思いながら靴を脱いで廊下を歩き、茶の間に入る。隣の寝室からは両親の寝息が聞こえてくる。とりあえずスーツを脱いで放り投げ、ネクタイをはずし、ワイシャツをはぎとり、Tシャツにパンツという格好になって広い座卓の定位置に座り、リモコンでテレビの電源を入れる。報道番組のアナウンサーが読みあげるトップニュースを聴きながら、夕食が並べられた卓上の一角をおおう、薄い網でできた四角いテントのような蠅帳を取って畳む。

本日のメニューは、カレー粉をからめてサッと炒めたサヤエンドウ、葉しょうがを添えたサクラマスの焼き物、筍入りの茶碗蒸し、わかめと油揚げの味噌汁、きゅうりの塩もみと赤かぶの酢漬け。白飯はおひつ代わりの丼にやまもりになって、ラップされている。いったん座ってしまうと、ともふささんはもう動くのもめんどうなので、これらの料理をレンジであたためることなく、冷えたまま食べる。食べながら、やっぱり湯気が立つような、あったかい夕飯が食いてえなあ、とぼんやり思う。そう思うくらいなら、電子レンジに入れて、チン！　と鳴るまで二分ほど待てばいいだけの話なのだが、食事をあたためるために立ち上がったうえしかもそのまま我慢するなど、とんでもない。胃のなかにブラックホールが誕生しそうなほど腹を減らし、ようやく今日も家へとたどり着いたともふささんにとって、廊下をまたいだ台所の棚の上にあるレンジなど、まるで何キロも先のそそり立つ断崖絶壁の上に置かれているのも同じであり、その前で二分を過ごすなど椅子に縛り付けられたまま何日も水滴の音だけを聴かされる拷問のように耐えがたく、途方もなくめんどうなことなのだ。だからともふささんは、つめたいなあと思いながらも、おとなしく、冷えきってかたまったごはんを箸でつまんでくちへと運び、もぐもぐと噛む。それでも、顎を動かすたびにくちのなかで米の甘さがゆっくりと広がってゆく。うちの飯は冷えてもうまいなあ、と感じながら、ふたたび、これがあったかかったらもっとうまいのになあと、うっすら思い——くどいようだが、あたたかい食事をとること自体は無理ではない——そしてまた、いまのような仕事をやってるかぎり、平日にできたての夕飯を親と食べるなんて、それは無理かもなあ、と考え、サヤエンドウのカレー炒めをくちに放った。カリカリッ。軽くキレのある歯ごたえとともに、みずみずしい豆の味とカレーの風味が口中に広がる。やっぱりうまいや。ちいさな感動をかみしめる、ともふささん。ごくり、と飲み込むと今度は、なんだか、わかめってひさしぶりだな、とわくわくしながら味噌汁に手をのばした。

ともふささんはつぎつぎに料理をたいらげながら、オフィスにこもっていた今日一日、世間ではいったいなにがあったのか報道番組をながめ、今日の日本と世界の出来事をなんとなく把握する。重ねた食器を流しに持っていって、ていねいに洗い、水切りかごの中に置くと、満腹のおなかをなでつつ、すっかり重くなった足を引きずりながら風呂に入る。おいだきのボタンを押し、湯があたたまるのを待ちながら、またもやめんどくさいなあと思いつつ、それでもからだをボディーソープでごしごしみがき、シャンプーでガシガシと頭を洗う。洗いながら考えるのは、上にあげた両腕すら、もうだるいなあ、ということである。浴槽につかりながら、壁面に取りつけられた小さなテレビでニュース番組のつづきを観る。おなかもふくれているのでたまにうとうとするときもあるが、コマーシャルで若い美人が登場すると、この娘は誰？　と意識がはっきりする。そんなときには、なにか貴重な発見をしたかのようにお得な気分になる。あとでネットで名前を調べよう、と思いながら風呂場を出ると、ともふささんは台所の冷蔵庫に向かう。扉を開けるとそこにはたいてい料理を得意とするみいこさん手作りのデザートが用意されている。今日の一品はコーヒーゼリー。容器は市販のプリンやゼリーが入っていたプラスチック容器の再利用でコーヒーもインスタントだが、ちゃんと星型の口金を使って絞り出されたホイップクリームがきれいにのっかり、台所の鉢植えで育ったミントの葉が飾られている。ともふささんは、深夜のバラエティ番組を観ながらもくもくとそれを食べ、容器を流しに置くと、番組の終了を待たずに二階の部屋へと上がる。

ともふささんはマンガが好きだ。しかし、マンガ以外の本も読む。哲学者ロラン・バルトの写真論『明るい部屋　写真についての覚書』は文章が美しくて、詩集のように何度も読んだ。フランス文学者であり、文芸評論家である蓮實重彦の『表層批評宣言』は言葉に関する本ということで職業的興味から「ついうっかり」買ってしまったものだが、あまりにもくどくどとくどく、句点の「。」にたどり着くまでが「凄味」を帯びるほどいちいち長いあの独特な文体に、まったく苦労しなかったなどとは決していえないだろうし、また、いうべきではないと誰もがその行為に関して疑念を差し挟む余地なく賛同するであろう、苦難と、その苦難から生まれる愉悦に満ちた読書という一回性の体験を顧みた際に、その鬱蒼《うっそう》と生い茂る言葉の森を潜り抜けた後で遂に漸《ようや》く邂逅《かいこう》を遂げる最後の怒涛《どとう》のようなあの盛り上がりに、あの言葉の奔流に、あの爆発的感覚に、あの圧倒的な絶頂に、ああ、いま自分は何かとっても素晴らしいものを発見してしまったと感動し、内容はさっぱりわからなかったが、いつまでも手元においておきたいと思った一冊だ。ここんとこ、しゃきっとしないなあ、なんて夜には折にふれ、突然筆者が物語のなかで詳細な解説を始めたり、物語がいいところまで進んでいよいよこれからというそのときに「そういえば」と、取材時のエピソードを唐突に開陳する、意外と過激な作風で知られる司馬遼太郎の作品群——ともふささんの場合は幕末ものに限る——を読みながら、この作品にはじめてふれた高校生の時分は、自分もいつか日本を変える大人になるんだと夜空に誓ったなあ、なんて夢と理想に燃えていた過去の自分を振り返り、いまの我が身にダメだしをすることもある。また、最近は年齢も四十代に突入したせいか、新刊を買うのはもちろん、なくしたり、旧《ふる》くなって傷んだ本を買いなおすことも数多くある。一九五〇年代に活躍したSF作家アルフレッド・ベスターが著した復讐譚『虎よ、虎よ!』は数々のSF的アイディア、ラブロマンス、死と再生、宗教的感動のごった煮的作品で、以前買ったものがぼろぼろになってしまったので三冊目をこのあいだ購入したばかり。サリンジャーの『ナイン・ストーリーズ』にいたっては三冊持っていて、購入自体は五回している。チャンドラーのフィリップ・マーローものは全長編作品を二回以上買ったはずである。しかし、なかには買い替えのきかない本もあり、中学時代に買って、ぼろぼろになるまで熟読した百合ヶ崎りおの『恥ずかしい教室』は、いまでも大切に保管していて、たびたび読み返している。アブノーマルで残酷、そして物悲しいエロースのめくるめく世界。これはマイベストの一冊ですね、と誰かにいいたいのだが、恥ずかしいので誰にもいえないところがジレンマである。と、このように、ともふささんは小説をはじめとする活字の本をよく読んでいる。事実、週に一冊は必ずなにかを購入している。これは幼いころ、みいこさんに「マンガばかり読んでいないでちゃんとした本も読みなさい」とずーっといわれつづけ、いつのまにか本を読むことが生活習慣のひとつとなってしまったからである。実際、しまおさんもみいこさんも共働きだったので、こどもに安く手に入る本を一冊ポンと与えておけば、ごろごろ寝転がってじっと読んでいるわけで、手がかからなかったのだ。ともあれ、ともふささんは、いまでは、寝床にはいって本を読みながらでないと眠れなくなってしまった。「趣味は読書」と履歴書に堂々と書きこんでも、まったく臆《おく》するところがない、有段者の風格である。

ただ、

だからといってともふささんは、マンガを読まなくなったわけではない。ともふささんは、いま、マンガの単行本を二日に一冊以上の割合で買ってくる。マイベストなんて軽く四、五十冊はすらすらといえる。しかも日によってがらりと変わる。とにかく、それくらいマンガを読んでいる。

そして、

ともふささんはマンガも、様々な種類の本も、この十年ちかくのあいだ、一冊も捨てたことがない。

というわけで、二階に上がったともふささんが障子戸を開け、つま先立ちで足を踏み入れた六畳間は万年床の周りを雑多な小説、エッセイ、マンガの本が何層もの山となって、ぐるりとコの字に囲む、本と布団で作られた箱庭空間となっている。本の山でふさがれていない壁際の一角には大きな座卓が陣取っており、その上にはおおきなディスプレイを備えたパソコンとコンパクトかつパワフルなオーディオコンポが鎮座している。ともふささんはこの部屋で、敷きっぱなしの布団をソファ代わりに、インターネットにアクセスしたり、映画を観たり、音楽を聴いたり、本を読んだりしている。ふつう、世間で四十代といえば家庭を持ち、自分名義の家のリビングでこどもの将来について夫婦で語り合ったり、老後の生活設計について話し合ったりしているものである。まったく、まことに自堕落なライフスタイルである。

さらに、この六畳間の隣には洋室の十畳間があるのだが、この部屋は完全に書庫として放置されている。白いドアを開けると、そこは爆撃を受けた図書館のようなありさまとなっていて、ともふささん本人も崩壊する本の山脈から「読みたい本を探すとき」以外は足を踏み入れなくなっている。そもそも最近は探す時間——たいていは二、三日かかる——よりも、インターネットの通販で購入するほうが圧倒的に早く、「見つからないから」という理由で買いなおした本も増えている。

こんな生活、もうつづかないよな、こころのどこかでそう思いながら十畳間の惨状を見るたびに、ともふささんが思いだすのは熱力学の第二法則で、この宇宙のすべてが、ゆるやかな混沌と熱死にむかう運命から逃れ得ないという明白な事実なのであった。

ところで、この十畳と六畳の二間からなる二階なのだが、建て増しされたのは二十数年前。ともふささんが高校生のときのことである。当時つきあっていた彼女に、ねえこういうのってさあ「嫁とり部屋」っていうんじゃないの、なんていわれて、へー、とこたえ、聞いたことないな、そんな言葉ってあんの？　と話をしつつ、ここでこの娘《こ》と暮らすのかあ、なんてちょっと夢見たこともあるのだが、若く幼い青春の恋の多くの結末がそうであるように、まあ、彼女とは別れてしまい、そのあともせっせと整理整頓をこころがけ、三、四人の女性をこの部屋に招いたものの、三十をむかえるころに出会い「この人と結婚したい」と本気で願った女性にふられてしまってから数年ものあいだ、なんかもういろんなことがめんどうになったうえ、マンガや小説の購入にもどんどん拍車がかかってしまい、失恋の傷がようやく癒え、ふと気がついたときには、もうすでに現在のような取り返しのつかない惨状が出現していたのだった。アフリカ大陸にはその巨大な骨がごろごろ転がっている「象の墓場」というものがあり、死期を悟った象たちがその地を目指してさまよい、苦難の後にたどりつき、安らかにその生涯を閉じるという伝説があるそうだが、さながらともふささんの十畳間は「本の墓場」のようなものだ。骨にもならない点は再利用が可能な長所なのか重さが減らない短所なのか。とりあえず日々堆積する巨大な質量を支える床の丈夫さについて大工さんには感謝しなくてはならないはずだ。閑話休題。ともかく、この部屋を見て、かつてそこでボードゲームが行われていたり、アロマキャンドルが灯っていたり、若い男女が夢や未来や希望を語ったり、そのうえ、あんなことやこんなこともされていたなどと推察することは「想像力は光より速い」という名言を残したニューウェーヴ系SF作家J・G・バラードにとっても至難の業《わざ》であろう。そしてその「結婚したい」と願った女性がともふささんの日常から消えたときから、この二階に足を踏み入れた人間はともふささん以外、ほぼ、いない。正確にいうと、みいこさんは何年か前に一度、二階に上がって腰が抜けるようなショックも受けたし、それを聞いたしまおさんも実際に見て、ともふささんに「おめえやあ、なんとかしろや」みたいなこともいったのだが、なんとなく、ふたりとも、小言をいったくらいでは、なんというか、どうにもならない感じがすごくしたのである。つまり「なんかこれ、掃除しろっていって、掃除できるような感じじゃねえて、なーんかこの子に問題があるんじゃねえろっか。どんげ問題らか、ようわからんろも」的なものである。だからふだん、この件につき、この両親は、ともふささんに、なにもいわない。ごくたまに「この家の住人がどこからともなく集めてきたゴミが屋外まではみだして山のように積み上げられており、近隣住民の非難を浴びています」とレポーターが報じるゴミ屋敷関連のニュースがテレビで流れると、みいこさんは、あたしらが死んでしまうとこの子は、この家をこんなにしてしまうのでは、と矢も盾もたまらなくなり「かあちゃんも掃除してやるすけ」というメモを帰宅する我が子《※四十過ぎ》に読んでもらえるよう、必ず食卓に置いておくのだが、翌朝起きると、これもきまって「ひとりでやります」という返事がその横に書き添えられているばかり。「やるやるといって、いっつもやらねえじゃねえの……」と、つぶやくみいこさんにむかい、ぎりぎりまで寝ていたともふささんが階段から下りてきて「じゃあ行ってきます！」と声をかけ、あっというまに玄関を出てゆくのも、ここ十年、何度も繰り返された朝の風景なのである。

　とまあ、そんなわけで仕事を終え、食事をし、風呂を浴びたあとで、退廃の色濃い二階の一室、六畳間に入ったともふささんは、座卓の下の空間に平たく積まれたCDの山から一九九〇年代のイギリスの傑作バンドrunoversのデビューアルバム"5 Pop Songs"を取り出してコンポにセットし、プレイボタンを押す。雑多な本に囲まれた春の牢獄に反響する纖細なギター、絶妙なタメを作るドラム、愁いを帯びたベース、そしてその背後から登場するみずみずしい歌声を、どことなく湿った敷きっぱなしの布団の上に座って聴きながら、パソコンを立ち上げる。ネットにつなぐと、はるかさんからメールが来ていた。

はるかさんというのは、驚くことなかれ、現在、ともふささんがつきあっている女性である。年齢は三十をすこしすぎたくらい。赤いフチのメガネの奥にある、まんまるな目と、ふっくらした桜色のくちびるが魅力的、といえば魅力的といえるかもしれない、フリーのグラフィック・デザイナーである。現代を生きる日本の女性にしてはめずらしく、スマートフォンのメールを打つのが苦手で、メールの返事が早いか遅いかでさえトラブルの種になりかねない女性同士の人づきあいなど、なかなか苦労をしているのではないかと思いきや「あたしの場合、ともだちみんなわかってるから、スマホからのメールの返信は『わーい』とか『ごめん』とかでOKになってんの」ということらしい。「あんなちいさい画面で、ちまちま打てないよ。トグル入力もフリック入力も苦手」ということらしい。そのくせメールに添付するイラストやアニメーションの外部デザイナー募集に応募して仕事をゲットするなど肝《きも》の据わった一面をもっている。デザイナーの下積み時代に、デザイン用のテキスト入力をさんざん経験し、ブラインドタッチも身につけた彼女のモットーは「文字打ちはやっぱりキーボードっす」であり、仕事上のツールでもあるパソコンのメールは盛んに使用する。そしてその文章は長い。ブラウザのウインドウはまるで真っ黒な活字の壁のようだ。そこには国家戦略担当大臣が購入していたマンガがあたしも全巻持ってる少女マンガだとは思わなかった、とか、その作品の好きな場面や嫌いなセリフとか、作者の過去の作品とか、同じ系列に位置づけられる諸作品の感想などがずらずらとつづく。つまり、ともふささんと彼女がつきあうようになったきっかけのひとつは、ふたりともマンガおたくという点にあり、取り憑《つ》かれたようにマンガを買うともふささんを批評家タイプとするなら、はるかさんは十代なかばから二十代のはじめにかけて、同人誌を作ってコミケに参加していたこともある創作家タイプで、割れ鍋に綴《と》じ蓋《ぶた》というか、同じ趣味を持ちながら微妙にちがうスタンスが、ふたりにとってちょうどよかったのではないかと考えられるのだが、それはさておき、メールはそのほか最近観たネットの動画の感想や通りで見かけた気になるお店、最近流行《はや》りの飲食店の話や、おススメのミュージシャンの新作の猛プッシュなど多岐にわたり、なんかそうとう時間をもてあましているんじゃないかと思いきや、一番最後に最近ヒマなんだけどなんか仕事あったらちょうだい、と堂々と書いてある。

はるかさんは、最近、その一文をけっこう何度もひんぱんに書いてくる。

そして、ともふささんは、その一文を見るたびに、彼女の愛がなんだか疑わしく思え、同時に無力感でいっぱいになってしまうのだ。外注デザイナーとしての彼女の評価はじつはそんなに高くない。社内の会議などで、はるかさん使ったら？　と営業に推薦しても、ちょっと悩むところですよね、という返事が返ってくることもしばしばだし、このあいだなどはふたりの関係を知っている営業部長から、ちょっとどうかと思うと遠回しにいわれてしまった。

うーん、と低くうなって、ともふささんは頬杖をつく。さて、返事はどうするべきか。

……えーと……

……うーん……

……むむー……だめだ。あたまが回らない。

どうしたものかなあ、と思いながら、ともふささんは布団にごろん、と横になる。横になると今度は「結婚」という二文字があたまにぼぅっと浮かんでくるが、布団を取り囲む雑多な本のグランドキャニオンが視界に入るとそんな言葉もリアリティが消え失せる。そもそも、ともふささんの家自体はそれほどでもないが、ともふささん個人はきわめて貧乏な部類に入る。地方都市の印刷・デザイン業界は十年以上も長引く不況でどこも苦しく、隣の市の大手のメーカーでは製造工場の移転だけでなく販促物のデザインや印刷も海外で行うところが出てきて、仕事は日に日に少なくなっている。だいたい、社会人のスタートラインに立ったころからしていまの会社の給与水準は低く、新入社員のときには、一般に若い時分は薄給とされている公務員の友人にも、お前それで大丈夫か？　などと心配される始末で、二十年近くたったいまでは格差ももっと広がり、その友人が遊びに使う夜のお姉さんがいる飲み屋などひと晩でひと月の本代が消えてしまうほど高く、とてもいっしょに行くことなど無理な状況になっており、給料天引きとはいえ、なんか税金とか払うのもうやだな、などなど、暮らしぶりの不満が国政への不満に転化し、今後拡大していきそうな気分もじわじわと高まっている。じゃあ、なぜそんな仕事をつづけているのかというと、若いときには「好きなことだから！」とこたえていたものの、最近はどことなく「これしかできないから……」みたいなニュアンスに変わりつつあり、文字を書くしか能のない貧乏ライター風情《ふぜい》と腕に覚えのないデザイナーがいっしょになるなんて、泥舟にボロ布の帆を張って大海に乗り出すようで、まるで将来が見えない。

結婚は……ないなあ……と思い、そうなると、ともふささんは、自分がほんとうにはるかさんを好きなのかどうかも漠然としてきて、急にとほうもなく不安で胸の奥が苦しくなるほど悲しくなり、どうしてこんなに悲しくなるのかもよくわからず、ああもうなにも考えないようにしよう、なにも考えてはいけないと、パソコンを消すのも忘れて目をつむり、そのまま浅い眠りのなかに落ちていった。

夏の嵐

細身の黒いパンツに黒のポロシャツと、全身を黒でそろえた痩せ型の男は長い前髪を軽くかきあげ、べっ甲のメガネのまんなかを中指で軽く押してかけなおすと「どうもダイゴージです」といって、さゆりさんに名刺をわたした。「コピーライターやってます」

ああ、とさゆりさん「あの、皮なしの」。

「はい？」

ゴホンと、ともふささん。さゆりさんに注意するつもりで咳払いをしたものの、その拍子になにかが気管に入ったようでゲフン、ゲヘン、ガハッとほんとの咳になってしまい、隣に座っているさゆりさんに大丈夫ですかと本気で心配される始末。「年齢《とし》も年齢《とし》なんですから」といわれて、お前は時代劇で病床のおとっつぁんを心配する町娘か、といい返そうとしたが、なにもいえない。まあ、いったところで、感情ひとつ動かした様子もないその顔で「なんですか、それ」といわれそうでもあったのだが。

ともかく。

七月なかば、西の彼方からじりじりと台風がにじり寄る金曜の夜、ここ、デパートの屋上に設置されたビアガーデンでは「告知ライター」ことダイゴージくんの呼びかけにより、暑気払いの飲み会が開催されている。風にあおられ流れる黒雲が、水槽にインクをこぼして作る墨流しの模様のように不安なかたちを描いて満月の前をつぎつぎと通りすぎてゆく。ときに明るく、ときに暗く変化する重い夜空に抵抗すべく、華やかな灯りで会場を彩る電飾や色とりどりの万国旗が風に吹かれてグラグラと揺れるその下で、ひとみをキラキラ輝かせたダイゴージくんは生ビールのジョッキを手に、向かいの席のさゆりさんを見つめ、どんな話をしようかと思案しているようだ。

時折やって来る強めの風に、彼の前髪が一瞬で真上に持ち上がる。意外と額は広い。

ことの次第はといえば十日ほど前「パーッとビアガーデンあたりで暑気払いでもしませんか」とジュンク堂書店で偶然出会ったダイゴージくんが話を切りだし、仕事・業界関係の飲み会自体ひさしぶりで「この春の社内でやった花見以来かなあ」と、ともふささんがいえば「盛り上がりました?」なんて訊いてくるので「うんうん、これみる?」と、ついうっかり、携帯電話で撮った宴会の写真を見せたその瞬間、彼は「エウレカ!」の叫び声とともに——彼は実際にそう叫んだのである、公衆の面前で。しかも大声で——さゆりさんを発見したのである。ブルーシートの上にあぐらをかき、ワンカップの日本酒をいままさにズズッとすすろうとしている彼女を指さして「この人独身ですか」と訊くので、ともふささんが「そうだよ」とこたえると「ぜひ会わせてくださいお願いしますどうにかなりませんかねえねえねえ」など何度もしつこくいうので、そうなると、なるほどビアガーデンなんて最近何年も行ってないし、さゆりさんも同業他社の友人があまりいそうではないし、まあ、いい機会なんじゃないかなとも思えたのでともふささんは、さゆりさんを誘ってみたわけであり、さゆりさんはさゆりさんで、全国に支社がある大手の同業者に会うなんてはじめてです、と大乗り気で参加したのだが、人脈の拡大以外になにか意図があったのかどうか。ダイゴージくんをひとめ見たとたん「ここって日本酒置いてるんですかね」と平坦な声でともふささんにそっと訊くなど、どことなく前向きな興味というか飲み会にかける意欲をなくしてしまったようにも見えた。

そしてテーブルにはもうひとりの参加者がいる。ダイゴージくんの隣には、浅黒く日焼けした壮年の紳士が派手なアロハシャツを着て座っている。「はじめまして、こいつといっしょに仕事をしてます、ヤザキといいます」といいながら差し出した名刺には、なぜか名字がヤザキとカタカナで書かれていて軽い違和感を覚えたのだが、それ以上に、その右上に印刷されている制作部部長という文字に、ともふささんはちょっと驚き、こちらこそはじめまして、といいながら企画部文案室長という肩書きをもつ自分の名刺をヤザキ氏に手渡したのだが、それ以降、ヤザキ氏はビールを飲んだり、枝豆を食べたり、鼻の下から顎《あご》にかけてたくわえたロマンスグレーの髭をいじったりしながら、ともふささんから片ときも目を離さず、じっと見つめているのだった。

とりあえず全員がビールの中ジョッキを頼んで乾杯し、枝豆、焼き鳥盛り合わせなどの定番メニューがテーブルに並んだあたりでそれぞれお目当ての会話がはじまり、交錯する。

「夏ですね」とダイゴージくん。

「風強いですね」とさゆりさん。

「本社からこちらへ？」とともふささん。

「ええ」とヤザキ氏。ビールをひとくち飲むと、ともふささんをじっと見つめる。

「今年はもう泳ぎに行ったりとかしました？」とダイゴージくん。

「なかなか仕事があると、学生みたいなわけにはいかないですよね。ダイゴージさんは、この仕事をはじめて長いんですか？」とさゆりさん。

「どのくらいになりますか？」と、ともふささん。

「そうですねえ、もう三年ほどになりますか、こっちに来て」とヤザキ氏。そして枝豆を押し、ポンポンと豆をくちに入れるともぐもぐ咀嚼《そしゃく》しながら、ともふささんをじっと見つめる。

「ぼく四年目なんですよ。まだまだ駆け出しです。あの、さゆりさんは音楽とか、どんなのが好きなんですか?」とダイゴージくん。

「四年目ですか。じゃあ、あたしの二年先輩ですね」とさゆりさん。「先輩って呼ばせてください」

「そうなると、もういろいろご存知でしょう。どうですか、この街は」と、ともふささん。

「いいですね。わるくないと思いますよ」とヤザキ氏。「あなたのことはこいつからよく聞いてます」といってダイゴージくんを一瞬指さすと、その指で今度は髭をいじりながら、ともふささんをじっと見つめる。

「はあ。まあ、いいですけど。あのー。ぼく、八十年代の日本のパンクバンドで『コバルト』というバンドがあるんですけど、『愛の歌』っていう曲があって『憎悪するほどお前に夢中さ』って歌詞をですね、こどものころに聴いて、なんかすごくショックを受けたんですよ」とダイゴージくん。

「えー。先輩はすごいですねー。あたしは、ちょっと、よくわかんないです」とさゆりさん。

「先輩最近、どんな仕事されてるんです?」

「あんまり、いいこといってないんじゃないですか、ダイゴージくん」といって微笑むともふささん。

「いえいえ、そんなことないです。二カ月前でしたか、大谷商会の新聞広告とかですね、拝見してます。地元のクリエイティブのレベルを示す指針になるかと思って、あれはうちの支社の廊下に貼ってました」とヤザキ氏。そしてビールをひとくち飲むと、ともふささんをじっと見つめる。くちびるの端に白い泡が残る。

「あー。まあ。仕事の話はもうちょっとお酒入ってからでいいんじゃないでしょうか。えへへ」とダイゴージくん。「どうですか。安藤さんは、なんかないですか、そういう曲とか。ふだん、どんな曲聴いてるんですか?」なんというか、まるでサッカーのゲームに例えればキックオフのその瞬間にハーフラインからロングシュートでゴールを狙うに等しいほど強引な展開にはわけがあり、じつはダイゴージくんは学生時代ロックバンドでベースを担当していて、音楽にはかなり詳しいと自負しているのである。

「えー。そうですねえ、たぶん先輩は知らないと思うんですけど『風鈴』っていう北欧系のアコースティックな感じのバンドなんか好きですね」とさゆりさん。

「ちょっと意外ですね。あの仕事ですか。ふだんあまり新聞広告とかやらないので」と、ともふささん。実に意外である。そういえば自分の仕事を他人に評価されるなんて久しぶりかもしれない。

「あれは、よかったんじゃないでしょうか。僕はそう思ってます」とヤザキ氏。「だから一度お目にかかりたかったというのもあって、おじゃましたんです」そういうと、焼き鳥のとり皮を手にとり、ともふささんをじっと見つめたまま、串から引き剥がすようにして食べる。ゆっくり、念入りに咀嚼する。

「あー。そのバンド、聴いたことないですねえ。ごめんなさい。どんな歌をうたってるんですか？」とダイゴージくん。彼はまだ乾杯のひとくちしかビールを飲んでいない。

「まあ……そうですね。曲名は忘れちゃいましたけど」とこたえるさゆりさん。「歌詞でいうと、なんていうか、何度生まれ変わっても君を愛すとかなんとか」

「輪廻《りんね》ってやつですか！」大声をあげるダイゴージくん。「怖いでしょう。それは！」

ともふささんも、ヤザキ氏もダイゴージくんのほうを振り向く。

「永遠の愛っぽい感じで『生まれ変わっても』なんていっても、つまりそれは輪廻ってことでしょう。あれ、一見いいように見えてじつはなんか残酷じゃないですか！……いまが人間だからって、つぎも人間に生まれ変わるとは限らないんじゃないかなあって、あの、僕なんかは思うわけですよ……」口調は次第に淡々としたものになるが、しかし相手を諭《さと》すように熱く想いをこめてダイゴージくんは語りだす。「僕すっごいおばあちゃんが好きだったんですけど、僕をすっごいかわいがってくれて、すっごくいい人で、それで、ついですね、つい、こないだ死んじゃったんですけど、人間に生まれ変わってくれればいいですけど、それが魚にひとのみにされるプランクトンだったり、ゴミにたかるハエだったり、ライオンにはらわたをむさぼり食われるトムソンガゼルだったり、下水道で暮らすドブネズミだったり、段ボール箱に入れられて川に放りこまれるかわいそうな仔猫に生まれ変わったりなんかしたら、たまったもんじゃないと思うわけですよ、僕。あんなに僕を大事にしてくれたおばあちゃんが、なにかに生まれ変わって、いま、ゴミをあさったり、なぶり殺しにされたり、生きたまま食べられたりなんかしてるかもしれないなんて考えただけで胸が痛いし、なんというか、耐えられない。それが、それがですよ。今度はおばあちゃんじゃなくて、人生をともに歩もうというか、死ぬほど愛したマイ・ベター・ハーフのその人がですよ、得体の知れないなにかになって、これまたなんだかわからないものに生きたまま食われるとか、あり得ない。しかも、その歌だと、僕もそのなんだか得体の知れないものに生まれ変わってるかもしれないじゃないですか。それで、おなじ得体の知れない彼女と愛しあうんだけど、その得体の知れない彼女がなんか凶暴なものに食い殺される様子を見たり、ゴミの山をにこにこしながら這いずり回ったりするのを見るなんて、僕にはそれこそ死んだほうがましというものですよ。僕は信じません。そんな、おっかない。絶対、いやですね」

ダイゴージくんはいい終わると、ビールを一気に飲み干した。

さゆりさんは、ジョッキを片手に持ったまま、時間が止まってしまったかのように固まっている。

強烈な風が一瞬、一同が座るテーブルの上を走り、全員の髪型を台無しにすると、どこからか一枚のレシートが飛んできた。そのくるくると宙を舞う紙切れをヤザキ氏は焦《あせ》るふうもなく、無駄のない動きで、一瞬のうちに、箸でつかんだ。

「えー」とさゆりさん。「なんかいやなこと思い出させたみたいで、すいません」とりあえず、笑顔を作って、いってみた。そして、えへへ、と声にだして笑ってみる。

あ、いや、と我にかえったダイゴージくんは言葉をさがす。おかしいな、こんなはずではなかったのに、という表情。

「ごめんね、安藤さん。ダイゴージのやつ、たまにへんなところでスイッチがオンになっちゃうんだよね」とヤザキ氏。片手を上にあげ、箸でつまんだレシートを遠くのウエイターにむかってひらひらと揺らして見せながら「危ないやつでしょう」。

「いやー」とさゆりさん。

「ああ、びっくりした」と、ともふささん。「なんか、すっごくクリエイティブな発言聞いちゃった」

はははは。テーブルの上に、ほっとした四人の笑い声が広がる。またしても強い風が吹き、髪が逆立ち、もっと台無しになってゆく。焼き鳥の串が転がり、小皿に入れた枝豆の皮が飛びそうになる。髪を両手で押さえて直す、さゆりさん。なんだかもう、今日はお酒を飲むとか、なんかそんな気分ではなくなってしまった。しかも相手は同業者で、同じ街にいるのである。それにくわえて、どこに地雷があるかわからないのだ。うかつには動けない。巻き添えを食らって、おなかの中身をぶちまけてしまうのはごめんだ。ジョッキのビールにくちをすこしつけると、テーブルの上にゆっくりと置いた。やってきたウエイターにレシートを手渡すヤザキ氏。「あ、そうそう。僕は今日、これをいいにきたんですよ。忘れないうちにいっておかないと」生の中ジョッキもう一杯ね、と注文するダイゴージくんの声と同時に、ヤザキ氏はいった。

「どうですか、ともふささん。うちの会社に来ませんか」

橙色のちいさな部屋

「ああねえ、たぶんねえ、きっと、そのひとまじめなのよ」というと、はるかさんは目を閉じる。「そのダイガクジさん」そして向こう側へと寝返りを打った。いや、問題はそっちじゃなくて、ヤザキ氏の「うちの会社に」のほうだと思うのだが、眠気におそわれたはるかさんは、たいていの場合、抵抗する術《すべ》を持たない。はるかさんはアパートのベッドの上で、ゆらゆらとまどろみながら、隣に横たわるともふささんの声にたいして、適当なことをこたえている。

よく晴れた日曜日のデートは、漫画喫茶のカップルシートでだらだらとマンガを読んだあと映画館へと流れるという、真夏の太陽の健康的な輝きをゴミ箱にぶちこむような毎度のルートで、夕方居酒屋で飲んだあと、はるかさんの部屋でやることをやり、ひと晩過ごすというのもいつものとおり。三十代と四十代の男女のデートが、こんなものでいいのだろうかとも思うのだが、ここまでくると、もはや、こんな感じでしか生きられないというのも、また事実なのだ。

１ＤＫのちいさな部屋。壁の隅に置かれた間接照明が、マンガやアニメのソフトをぎっしりつめこんで壁際に並べた三つの本棚や、フローリングの上に敷かれた毛足の長い白のカーペット、そこに置かれたまるい座卓やクッションソファを、ほのかな橙《だいだい》色の光で照らし、同時に、深く暗い影を作り出している。ともふささんは、そのもう一方の隅に置かれたベッドの上で、はるかさんの寝息を聞きながら、もはや見慣れた天井を、ぼんやり眺めている。

今日も一日が終わる。

いつか過ごした一日とおなじような、なにも変わらない一日が終わる。

これでいいのだろうか？　と、ともふささんは、突然思った。

というわけで、ともふささんは眠っているはるかさんにむかって「ところで、おれのエッチって、マンガの必殺技にたとえるとどんな感じ？」なんて滅茶苦茶な質問をしてみたいという誘惑に駆られたのだが、そもそもともふささんは、そんな冗談が似合う性格ではないし、実際、ほんとうにそんなことを訊いて、とんでもないこたえが返ってきたら怖いので、訊くのをやめた。

そして、ともふささんはごそごそと枕の下に手をのばすと、金井美恵子の文庫本『タマや』を取り出し、しおりをはさんであった途中から読みはじめた。はるかさんは、うすれてゆく意識のなか、その動きを背中で感じながら、なぜか、ほっと、安心していた。

これでやっと一日が終わる。

なにか新しいことが起きそうで、でも結局、なにも起きなかった、いつも通りの一日が終わる。

今日がやっと、過去になる、とはるかさんは思った。

はるかさんは、ともふささんが本を読まなければ眠れないことも、明日の朝六時になればともふささんの母親、みいこさんからともふささんの携帯に「おめ、いまどこにいるん？」と安否確認の電話がかかってくることも知っている。さらに、その電話をみいこさんにかけさせているのが、ともふささんがいないことが不安でたまらない、父親のしまおさんだということまで、知っている。

はるかさんは、ゆっくり遠のいていく意識の中で、ともふささんの家のことを考えた――なんというか、彼氏も彼氏なら親も親で、ともふささんの家の時間はずっと昔に止まったままだ。それはよいこととは到底いえないけれど、親が子を虐待したり、殺したりするようなニュースが毎日報道されているようなこんな世の中では、断絶し、憎みあうよりはましなのかもしれない。それに、ともふささんの家に行ったことがないから会って直接話したことはないけれど、ふたりともはるかさんがともふささんとつきあっていることをいちおう、知っているし（ともふささん経由で、みいこさんお手製の赤飯をもらったこともある）、特に変わったことはなにもない。だから、明日の朝も、きっと見慣れた朝にちがいない。でも、そんな毎日が、どこまでつづくのだろう。ずっとつづくはずがない――。

はるかさんはベッドのなかでまどろみながら、なにかが変わり、なにかがはじまる新しい朝を願っている。その先にあるものが、笑顔であろうが涙であろうが、どちらでもかまわない。いまはとにかく、ほんのわずかでいいから、世界が動き、こころが動くことが、なによりもたいせつに思えるのだった。

夕焼けのタイムリープ

ある日の夕方、ともふささんは営業の杉原くんといっしょに学校案内制作の仕事で、市内の私立高校を訪れていた。ついこのあいだ本年度分を納品したばかりなのだが、なかなか評判がよく、早々に来期の受注も決まったので、その挨拶を兼ねたような、ゆるい打合せだった。応接室で印刷物全体の構成に関する改良点を少しだけ話し合い、いやあ来年もよろしくお願いしますねえ、と校長から声をかけられたあと、今回の制作委員である事務局代表佐藤氏、教師代表の鈴木氏とともに部屋を出た。

見事な夕陽で茜《あかね》色に染まった廊下。

校舎のどこかから聞こえてくるブラスバンドの練習する音。

そして、目の前に現れた少年。坊主頭に太い眉、日焼けした肌と、いつも笑っているような、そのまなこ。ともふささんが、腰が抜けるほど驚いたのは、その少年が、自分の高校時代の友人の、二十数年前そのままの姿だったということだ。少年は応接室から出てきたともふささんたちと出くわすと、ちょうどいいところで会った、という感じで、鈴木先生、ちょっと訊きたいことあるんすけどお、と近づいてきたのである。

「おまえ、タナカか」と、思わずともふささんは声に出していってしまった。

その声が、あまりにそのまま「本気で驚いた」という響きを伝えてしまったため、タナカと呼ばれた少年はたじろぐ。はっきりと背中をのけぞらせ、視線は猛スピードでともふささんと鈴木先生を往復する。あの、ともふささん、と鈴木先生がひとこと話しかけると同時に、ともふささんは、もうひとつの可能性に気づき、少年に謝った。

「あ。いや、ごめん、ごめん」

「はあ。なんすか」と少年。

「あの、どうかしましたか、うちのタナカが」と少々心配そうな顔で鈴木氏。「私の生徒ですけど」

「いやあ」吐息ともつぶやきともとれるような言葉にならない言葉をもらすと、ともふささんは、少年に訊ねる。「きみのお父さん、もしかしてタモツっていわないか?」

「え。なんで知ってるんすか」と少年がこたえると、おれ、きみの親父の高校の同級生でさ、いやあ、ほんと、よく似ててびっくりしちゃったよ、という話になり、ちょっとした緊張も意外な偶然に彩られたなごやかな雰囲気に変わっていった。

「そんな、似てますか。おれ」

「似てるよお。『時をかける少女』じゃないけど、タイムリープとか、体験しちゃったかと思ったよ」

「ああ、その作品知ってますよ」と鈴木先生。「あのアニメは素晴らしかった」

「私は往年の実写版のほうが好きですけどね」と佐藤氏。

「ほんと、ごめんね。驚かせちゃって」と営業の杉原くん。

以下、ああ、お父さんによろしくね。おれの名前いってくれればわかるから、今度酒でも飲もうっていっといて、という流れになり、少年と鈴木先生をその場に残し、玄関ホールに向かって三人は歩きはじめた。昼間の熱が次第に下がり、涼しい風が流れはじめる、紅い廊下で佐藤氏いわく「こんな偶然ってあるんですねえ」。

「まあ、友人のこどもに偶然、出会うというのは、はじめてでしたね。それだとわかるくらい似ているんだもの。びっくりしました」

「ともふささんのお子さんは、いま何歳くらいで？」と佐藤氏。

「あ。いえ、ぼく独身なんですよ」

「え」と驚く佐藤氏。「あ。これは失礼しました」

「いえ。こちらこそ」といったあと、なにがこちらこそなのかわからないがと、ともふささんは思い、さらに何度も、申し訳ないですと頭を下げる佐藤氏に、ぜんぜん悪いことといったわけじゃないのに、そんなに頭を下げられると、逆に自分が独身でいることが、あたかも悪いことのように思えるじゃないですか、といおうと思ってやめた。

「彼女もいるんで、さっさと結婚してくださいよっていってるんですけどね」と杉原くん。

「よっぽど気楽なんじゃないですかね」といって、へへっと笑う。その笑顔につられて微笑む佐藤氏。自分もここで微笑まねばなるまい。ともふささんは腹をくくると、きわめて自然に、にこり、と笑った。


その夜、ごくまれなことに、ともふささんが九時に帰宅すると、みいこさんとしまおさんは、ふたりとも茶の間にいて、座卓の自分の定位置のあたりでごろりと寝転び、そろってテレビのクイズ番組を観ていた。

写真を見ておこたえください。沖縄名物、これはなに?

「キャビア!」としまおさん。

海葡萄《うみぶどう》だろ。ともふささんは、こころで思っても、くちには出さない。Tシャツに着替えて、廊下をまたいで台所に行き冷蔵庫から缶ビールを取り出すと、茶の間の座卓の自分の場所にあぐらをかいて座った。むくり、と起き上がるみいこさん。どら、味噌汁あったためてこよっか。ともふささんは、べつにいいよとこたえて、ビールをひとくち飲む。うまい。この一杯のために生きているなあ、と特に夏場はビールを飲むたびにこころで思う。テレビを観たまま、しまおさんが話しかけてくる。いやあ、こないだヘラブナ千匹釣った記念に、おめから買ってもらった、あの夕モなあ、今日、ちょっと壊れてしもてなあ。ええっ、ともふささん。しかしいうほど驚いてはいない。壊れたんなら、また買ってやるよ。いや、おれ、自分で直したわい。すげえ上手にできたっけ、あとで見てみっか？　べつにいいです。といってビールをもうひとくち。

写真を見ておこたえください。北海道名物、これはなに？

「あれら。あれ。えーっと。まり、まる……なんだっけ」としまおさん。

マリモだ。おしい。ともふささんは、そう思いながら蝿帳を取り、食卓に並べられた自家製茄子の浅漬けと、豚肉の味噌生姜焼き、レタスと玉葱のサラダ、ほうれん草のゴマ和えをながめる。ながめながらビールを飲み、飲み終えても、手をつけることなく料理をじっと見ている。

その様子に気づいたみいこさんはよっこらせ、と体を起こし、声をかける。どしたや、なんかあったかや。いや、べつにといって、ビールにくちをつける。みいこさんがともふささんを見つめるなか、そのまま缶ビールを飲み干し、卓上に置くと、ともふささんはみいこさんに、ねえ、ねえ、といった。

「ねえ、かあちゃんは幸せら？」

「そんなん、」といって、みいこさんは鼻で、ふっと笑った。「そんなん幸せにきまってっろ。年もとったし苦労もいっぺしたけど、いまがいちばん、幸せさあ。ほんに、とうちゃんの酒ぐせとか、がっと苦労したりしたろも、年をとって、そんげに飲まんねなったし、おめはでっけなって一生懸命仕事してっし、悩むこととか、そんげ、ねえもの」

「おらも幸せらろー」としまおさん。

写真を見ておこたえください。京都名物、これはなに？

「八ツ橋！」

今度は当たった。

二週間前、深夜の出来事

じゃんけんの結果、アイスを買いに行くのはタケコさんと決まった。

会社前の公園で地上の世界に興奮し、全身で絶叫をつづけるセミたちの鳴き声がすごくうるさい八月なかばの昼下がり。毎日臨時の女性用食堂となっている一階総務部の応接室で「それにしても」とタケコさんはいった。「あんたんとこの上司、だいじょうぶなの？　ほんとに」。するともみじさんも「はたから見ててもさ、明らかに元気ないもんねえ」。かおりさんもどこかもの憂げな感じで「ちょっとねえ。とにかくさあ、この二週間、ずっとゼロっておかしくない？」とあとをつづけた。つまり、昼休みの応接室でつかのまの息抜きを楽しむ彼女たちは、最近ともふささんのひとりごとについての賭けが成立しないため、じゃんけんで買い出し当番を決めているのである。「あんまり多いのも気になるけど、ここまでなんにもないっていうのもねえ……」ともみじさん。そんなことをいわれても、さゆりさんとしてはなにもいえない。胸におおきく「得意気」と書かれたTシャツを着た彼女はその前で両腕を組み、「まあねえ……調子が悪いんじゃないかな」とこたえる。「それって会社的にやばいんじゃないのお」とタケコさん。彼女は、よっこいしょ、と声を出して立ち上がると「まあ、だからってあたしたちにはなんにもできないけど」とひとことといって、応接室の出口へと歩きだした。

三週間ほど前のこと、大手広告代理店の部長から誘われたともふささんがどうするつもりなのか、さゆりさんはとても気になり「どうですか、あのあと」と訊いたのだが、そのとき、ともふささんは「ああ」となんだか眠そうな声でこたえると「メール来たよ」とパソコンを見ながら小声で返事をかえし、ふと思い出したように「いつでも待ってるってさ」なんてつけくわえると、またカタカタカタとキーボードを打ちはじめたので「あのー。そうじゃなくてですね」気になるのは相手の文面ではなくて、この上司の気持ちなのである。「行っちゃうんですか?」意を決して問いかけたところ「うーん」と気の抜けたコーラのような抑揚のない調子でうなり声をあげ「わっかんないよねー」そしてほんのちょっと間が空いたあとで、突然我に返ったかのように真顔になり「なに、お前、そんなこと気にしてんの」といったあとで、へへへ、とひとを小ばかにしたように鼻で笑い「どうするかねえ」と今度は聞こえよがしに、なんの解決にも結びつかない言葉を、ぽーんと放り出して、そのあとはいつものようにに仕事をつづけていた。もちろん、祈りのようにも呪文《じゅもん》のようにも聞こえる、あの、小声でつぶやくひとりごとも健在だった。

その様子を思い出すと、どうも最近の不調は、移籍に関するものが原因ではないように思える。けれども、最近は営業に対して、こんな企画費じゃどうにもならないとか、もっと原稿料を取れないのかなど、お金に関してシビアな意見をいうことも増えている。いったいどうしてなのか、さゆりさんにはわからない。ただ、上司の不気味な饒舌《じょうぜつ》が不安な沈黙に変わったいま、さゆりさんの仕事に関しても、この先めんどうな影響が出そうだなあという予感がしているのだ。なんとなく、ではあるのだけれど。

さて、それでは二週間前になにがあったのか。

その日の朝、ともふささんが出勤すると、会社のパソコンにはるかさんからの連絡が入っていた。今夜会いたいというシンプルなもので、時間も場所も指定してあった。二十四時間営業のファミリーレストランに、深夜。いつもならそのあと長い長い文章がつづくはずなのに、今回のメールは要件のみ。なにかがちがうと胸騒ぎを感じながら長い一日を終えると、ともふささんは眠い目をこすりながら白いカローラで待ち合わせの場所へと出かけた。

いつ座っても冷えているような合成皮革のソファに腰を落とし、オーク調のメラミン製天板を貼ったテーブルの上のメニューを開く、ともふささん。ブレンドコーヒーを注文し、時間を確認する。待ち合わせの時間ちょうど。携帯電話を確認する。連絡は入っていない。今日も疲れたなあ、と思いながらソファの背もたれにだらしなく背中を預け、ともふささんは、そのまま、レストランの暗い窓をぼうっと見つめる。路上を走るクルマの数も、多くない。もうすぐ一日が終わる時間だ。ほのかに赤い、あたたかみのある光で満たされた店内から暗闇で塗りつぶされた窓の外を覗いていると、自分がなぜここにいるのか忘れてしまいそうになる。時間の流れも感じられなくなりそうなくらい。

ふと気づくと、暗い窓にちいさなはるかさんの姿が映った。ともふささんは、視線を店内にもどす。はるかさんが近づいてくる。目の前に座る。やあ、と声をかけると彼女はうつむき加減になってわずかに微笑む。彼女が席に座り、メニューを開くと同時にウエイトレスがコーヒーを持ってきた。なんだ、もう頼んじゃったんだ、とはるかさん。うん、まあ、ともふささんが返すと、あたしも、同じもので、とはるかさんはいい、メニューを閉じた。遠ざかるウエイトレス。

沈黙。

ななめ後ろの席で、スプーンが落ちる音がした。

ともふささんが振り向くと、別のウエイトレスが、食器を下げるときに皿の上のスプーンを落としてしまったようで、麻のジャケットを着た小太りの男の脇にひざまずき、腿のあたりをおしぼりでふこうとしていた。

いいですよ。いいですよ。とウエイトレスにむかって何度も繰り返す客。すいません。すいません。と頭を下げるウエイトレス。

「ねえ、見た？」とはるかさん。

なにを？

「あの人、スプーンを落とすちょっと前、いきなり手をとめて、窓の外を走るクルマを、ぼうっと見てたんだよ」

へえ、とともふささん。まあ、そんなことだって、ないわけじゃない。

「なんか、三秒くらい、魂が抜けちゃったみたいだった」

ともふささんは、目の前に置かれた熱いコーヒーに手をのばし、砂糖もミルクも入れずにそのまま飲んだ。「たぶん」といったあと、しばらく間を置き、「きっと、疲れてるんじゃないの？」とつづけた。

「そうだよね」はるかさんは間髪を入れずにこたえる。しかし、その声は段々とどこかへ消えていきそうになる。「でも、みんなそうなのかも」

ともふささんは、ああ、そうだよね、と思う。よくはわからないけれど、たぶんそうなのかもしれない。ともふささんは軽く首をひねり、店内を一瞥《いちべつ》する。フロアのあちこちにちらばる客達。それぞれがわずかに普段よりは声のトーンを落として喋《しゃべ》っているような気がする。昼間の会話より、いくぶんかささやきに近づいたその喋り方は、たとえば後にひけない仕事の話にせよ、プライベートな別れ話にせよ、親しみや、その残り香がこもっているものにちがいない。照明に不足はないはずなのに、壁の隅からうっすらと夜の暗さが染み出すようなこのレストランにいる人々、そのすべてが、ひかり輝く太陽が昇る明日の朝には職場や学校や家庭など、とにかくそれぞれの居場所へと戻るのだろう。たぶんそうなのだと思う。ここは、誰の居場所でもない。高級な木材に似た合板を貼ったテーブル、緑の人工皮革を張ったシート、工場で仕込まれた料理……安くて良い物や誰もが快適に過ごせる空間を真摯《しんし》に追い求めたその結果、そこはなんだかひんやりとする、人工的としかいえない場所になってしまった。そして、そんな場所にいる僕らはいったい何者なのか……ともふささんは、はるかさんを見る。なぜか、そんな感慨を彼女には伝える気にはならなかった。

ところで、話って――と、ともふささんが切り出すと、その言葉を制するように、しかし、微笑みながら、はるかさんはいった。

赤ちゃんができたの。

ともふささんは、え、といったように思ったが、それは声にならなかった。つぎの瞬間、はるかさんの微笑みはゆがみ、こぼれる大粒の涙とともに表情がくずれだす。あたし――

「あたし——、まだ、ともちんの部屋に一度も行ったことがないんだよ——」

はるかさんは声を押し殺し、泣いた。


その夜、ともふささんは彼女に結婚しようといった。部屋のことは、謝った。あまりに汚くて彼女を呼ぶことができなかったと正直に打ち明けた。きれいに掃除して彼女を迎えるといった。彼女もうなずいていた。しかし、次の日連絡が取れなくなった。

すぐに、ともふささんは彼女のアパートに行った。

窓には薄いカーテン越しに、灯りがにじんでいた。天上の蛍光灯による青白い光だった。

そこにはちゃんと、彼女がいた。

ドア越しに話をした。はるかさんは、ふたたび結婚するというともふささんの言葉を受け入れた。でも、しばらくひとりにさせてほしいの、と彼女はいった。一週間か二週間、そうしたら気持ちも落ち着くと思うから。

ともふささんは、絶対、絶対だよ。と、ドアの前でおおきな声でいい、ついで、絶対、絶対だから。と、ちいさくひとりごとをつぶやくようにつづけるとゆっくりその場を離れた。

アパートを離れ、路上を歩く途中で振り返り、彼女の部屋の灯りを見た。

灯りは弱く、ちいさな橙色に変わっていた。

なるようにしかならない

そして、今日が来た。

二十九歳になったばかりのしまおさんは、大きな河に沿って走る旧い鉄道に乗っていた。

彼の妻、みいこさんの実家からこどもが生まれたと連絡があったのだ。受話器を置くことも忘れ、ぎゅっと握りしめたまま上司に大声で報告し、職場の早退許可をもらうと灰色のオーバーを着、茶色のマフラーを巻き、みぞれが降る灰色の冬空の下、足もとを何度も何度もすべらせながら駅へと向かった。顔なじみになった駅員が話しかけてくる。おや、こんな時間にめずらしいねっけえ。胸を張ってしまおさんがこたえる。いやさあ、こぉどもが生まれたんてえ。なにえー、おめさんの子らかねーと笑顔とともに駅員がいう。そんなん、あったりめえらこってさあ、おらがこども以外に誰がいるってさあ、としまおさんがいうと、そら、ほんに、よかったねえ、よかったこってさあ、と駅員もわがことのように喜んだ。改札に並ぶ見知らぬ婦人や紳士も、いやあおめでたいことで、と祝ってくれた。

しまおさんは窓に顔を近づけて、列車の進む方向をのぞきこむ。暗い雲が空を覆い、雪と雨の混じった銀色の線が幾重にも重なり、窓のむこうを斜めに走って、後ろへ、後ろへと消えてゆく。重く憂鬱な空をくぐりぬけ、妻の実家に行けば、愛《いと》しいわが子が待っている。

はじめて出会う、いのち。

はじめて感じるその体温。

しまおさんは、緑のベルベット地の座席に座りながら、みずからの腕のなかで目を閉じて眠る赤ん坊の顔を想像し、小さな手にふれるそのときを心待ちにしていた。

いつのまにか、自然に微笑んでいることが、自分でもわかった。そんな自分を幸せだと思った。ここちよくゆれる列車の振動に身をまかせながら、幸せとは、いまこのときのことだと強く感じていた。

そこで、しまおさんは意識を取り戻す。濃密な夏の青草のにおい。まぶしい陽差し、横たわるからだに感じる涼やかな風。割れそうに痛む頭。紅く染まる視界。紅く染まる空。しかしそれは夕陽ではなかった。陽射しもまだ高いころ、釣りを早めに切りあげたしまおさんは、自転車に乗って土手道を走っていた。そこに強い風が吹き、しまおさんの自転車は軽々とあおられ、後ろから来た軽トラックにはねとばされたのだ。

音も気配もまったく、なかった。あるいは、そんな危険さえ気づかないほど老いてしまったのだろうかと、しまおさんは思った。ここは、土手の斜面だろう。血は右目に流れこんでいるようだ。その目を閉じて、左目をおおきく開けて青みをとりもどした空をにらみながら、右手をひろげ、ひじをじりじりと回転させるようにして顔の前に持って来て、ゆっくりと右の頭にさわる。文字通り、どこかが割れているようだ。その手を顔の前に持ってくる。手は真っ赤だ。手のしわの一本一本、指紋のひと筋にいたるまで赤い血が染みこみ、流れてゆく。

視界の隅に、野球帽をかぶったこどもの顔が見えた。しまおさんの顔を確認すると、またすぐ視界から消える。どさり、という音。少年は驚き、腰が抜けたようになって、後ろへ倒れたらしい。

ひろくん、と呼びかけたと思った。しかし、声が出なかった。うわ、うわあ、とおびえながら後ずさる、ひろくんの動く音。呼び止めようと、右手を高くあげようとした。しかし、もう、顔の前からあげられなかった。力はどんどん抜けていき、胸元にその手を落とす。

ひろくんは土手の斜面であとずさりすると、そのまま背中から一回転し、土手の下へ落下した。手足をばたばたさせて起き上がると、痛さも忘れて、家へと駆け出した。

そして、その夜。

きっかけは、ささいなことだといえるのかもしれない。しかし、その日の夜、ともふさささんはいまだ会えずにいるはるかさんのもとを、今日こそは訪れたいと思っていたのだ。それなのに夜の六時すぎに「明日まで」という緊急の仕事が入ってきた。ある家庭用品メーカーの社長が出席するパーティー用のスピーチ原稿を作ってほしいという依頼だった。本来ならストックしてある文例をTPOにあわせて修正する程度でよかったのだが、営業も得意先に対する思い入れがあったのだろう、もっと自伝的な内容を入れた印象の強いものにしたい、といってなかなかOKが出ず、二時間がたった。この時点で八時をすぎていたのだが、この至急原稿が入る前にやっていた今日の分の仕事も、終わったわけではない。とにかく早く決着をつけなければ、ということで、デスクに座ってノートパソコンに向かうともふさささんの後ろに営業が立ち、ふたりでディスプレイに映る原稿画面をのぞきこみながら、これでいい？　ここをもう少しこんな風に、と対話しながら作業を進めてゆくことになった。

ともふさささんの声はいつもの通りで、冷静だった。むしろ営業のほうが、なんでわかんないのかな、といらだちを抑えられない様子だった。だから、その様子を傍《そば》で見ていたスタッフたちは、まさか、ともふさささんが営業を殴るとは予測できなかったのだ。

きっかけは、つい、うっかりとしかいいようがないことで、営業が、だからこの部分ですよ、と不機嫌な声を出しながら、手に持っていた校正用の赤いサインペンで直接パソコンのディスプレイにおおきくマルをつけてしまったのだ。

「あ」と営業がつぶやくと同時に、ともふささんは立ち上がり「すいま」といいかけたところで営業を殴り飛ばした。

壁の書棚にもんどりうって倒れる営業。たくさんの資料の束やデザイン本、辞書、デザイナーの私物のフィギュアなどがドサドサと音を立てて落ちる。そして、ともふささんは、「あとはお前がやれよ。おれは行くとこあるから」と鼻を押さえる営業を見下ろしていった。

「それがダメだっていうんなら、おれはこの会社やめる」そのうえ、よせばいいのに「こんな給料安くて馬車馬みたいに働かなきゃいけない会社なんか、いつでもやめてやる」といいはなったものだから、その様子を、目をまるくして見ていたさゆりさんが、これ以上に心配なことはないというような顔つきで、あのう、とわずかに震える声で呼びかけ、大手広告代理店の名前を出し、「やっぱり、あの誘い、うけちゃうんですか」とその場でいってしまったのである。

三階のフロアは静まり返った。

静まり返ったそのなかを、ともふささんは足音も立てずに大股で歩き、ドアを開け、廊下へ出た。

そのとき、腹は決まった。

会社を移れば、こんなところよりましな、それなりの給料も保証される。そうすれば、はるかさんとだって、ちゃんと暮らしていける。それが一番、いいに決まっている。ともふささんはそこまで考えたところで、重要なことに思い当たった。――もっとも、その前に本をかたづけなければならないが。

ともふささんは廊下を歩き、階段を下り、エントランスで靴を履き替え、ビルの外に出た。月のない、熱く湿った夏の夜。ビルの前の公園にはひと気がなく、街灯に照らされ浮かび上がる、ベンチやブランコのある一角以外は、まるで黒ペンキでべったりと塗りつぶされているようだ。

ともふささんは、公園のその先にある駐車場へと向かう前に、ベンチに腰かけ、携帯電話のボタンを押す。

もう、決めたのだ。迷うことなどなにもない。ともふささんは、電話を耳にあてた。

コール音が鳴る。そしてもう一度。もしかしたらもうすでに、オフィスには誰もいないのかもしれないが、ともふささんは、とにかくいまのうちに掛けておきたかったのだ。三回目のコール音。そして、四回目に受話器を取る音が聞こえた。掛けた先は、例の大手広告代理店の制作部である。

はい、どうもお世話様ですー。というその声は、ダイゴージくんのものだった。ともふささんが名乗ると明るい声で、おっ、どうもどうもー、こないだはどうもー。また、飲みに行きましょうねー。と機嫌よくこたえる。仕事も快調なのだろう。あのさあ、ヤザキさんをお願いしたいんだけど、ともふささんがそういうと、あっ、ヤザキさんっすか！　とひときわ明るい声でこたえ、

「ヤザキさん、先週、東京へ帰っちゃいましたけど」といった。

しばらくの沈黙のあと、先に声を出したのはダイゴージくんだった。

「あのー、どうかしましたか？」

「ええっと……帰った？」

「はあ。本社勤務に栄転ですわ」

ともふささんは、事態がどうなっているのか、一瞬、よくわからなくなった。いや、その、どうかもなにも、会社に来てくれという話があったけど、あれって、あれ、あれ？　ともふささんが言葉を探していると、ダイゴージくんは、ああ、あれですかー。と、なるほど、わかった！　という気持ちを声の響きに乗せながら、

「あの、けっこう、時間がかかっちゃったじゃないですかあ、あれから。ひと月ほどですか？　あのひと的にはそろそろ異動ということで、ともふささんをクリエイティブの補強として置き土産みたいにしたいとか、考えてたんじゃないですかねえ。それが、なんか、急に

半端な時期に辞令が来ちゃって、なんというか、タッチの差といいますか、運、じゃなくて、縁がないといいますか。いやー。申し訳ないです。でも、もし、あれだったら、僕のほうから新任の部長のほうへ訊いてみましょうか」

「訊いてみる？」

「はあ。ただ、その代わりといっちゃあ、なんなんですけどね、えへへ。安藤さんと飲み」

ともふささんは、電話を切った。

ちくしょう。なんてこった。くそったれ——ともふささんは、握っている携帯電話を思い切り足もとに叩きつけてやりたいという衝動に激しく駆られた。

だが、しかし、そんなことはしない。

そんなことをしても、自分がなにかに負けてしまったような惨めな気分を、増幅させるだけだ。ともふささんは、その衝動を必死にこらえ、なんとか胸のうちに抑えると、ベンチに腰かけたまま前のめりになって、うなだれた。同時に、手に握ったままの電話が鳴った。いまや、どこにあるのか珍しい、公衆電話からの着信だ。

「もしもし」電話に出ると、みいこさんの声が聞こえた。ともふささんの名を呼ぶと、いま、病院からといった。

「病院？」

「うん。市の救急病院ら」

「また、なんで」

「うん、あのう、父ちゃんがクルマにひかれてもうて」

「クルマにひかれた？」

「いますぐ来てくれや」

なにかひどい冗談のようだった。足もとの地面が静かに歪《ゆが》み、座っているベンチごと、どこか深い夜の底に向かってゆっくり、ずぶずぶと沈んでゆくような気がした。いったい、なにが起こっているというのか。長い沈黙のあとで、ともふささんは、ようやく、言葉を搾り出す。

「……容態は？」

ほんの少しの沈黙。

「あんま、ようねえみてら」とみいこさん。わずかに震える声。「見つかるのが遅かったみてぇで」

「わかった」

「仕事中、わありなあ」

「べつに、いいて」

「はよう、来てえなあ」

「わかった」

電話が切れた。

そのまましばらく、じっとしていた。

だからといっていま、なにを考えるべきなのかもよくわからなかった。

あえて、の話なのだが。

あえていえば、ともふささんはこのままこの場で泣いてしまいたい気持ちだった。けれども、もう涙を流したところで人生の問題など、なにひとつ解決などしないのだと、はっきり知っていることもまた、事実なのである。

なにしろ、四十歳を越えているのだ。

とにかく、ともふささんがまぶたの裏で圧力を高める涙をおしとどめ、ひざに手をついてベンチからなんとか立ち上がり、視線を感じて後ろを振り返ると、さゆりさんが立っていた。その向こう、ビルの玄関あたりには人だかりがしている。企画部のスタッフや、営業だろう。誰かひとり、そこからゆっくり近づいてくるのも見える。たぶん、殴った営業だ。申し訳ないことをした。だからといって、いまはなにも話したくない。謝らなければいけないと、わかっているのだが。

あのう、と二、三歩進みながら、さゆりさん。あのう……なにかをいわなければいけないが、何をいえばいいのかわからない。言葉がつづかない。それに、人を殴る上司の姿は、どこか、すごく、怖かったのだ。

「わりい」と、ともふささん。「ほんと、ごめん」といって、両手をあわせると、そのまま後ろへ二、三歩下がり、そこで振り向くと、そのまま駐車場のある方向へと駆け出した。

さゆりさんは、言葉をなくしたまま、その後姿が暗闇に消えてゆくのを、立ったまま、じっと見ていた。

そして、いま。

ともふささんは中古の白いカローラに乗り、病院に向かってバイパスを猛然と走っていた。すれちがうクルマの流れるヘッドライトも、つぎつぎと追い越すクルマのテールランプも、高い壁の向こう、道路の伸びる先に見える家々の灯りも、一定の間隔で路上を赤く照らす照明の光も、すべてを後ろへ、後ろへと追いやる猛スピードで走りながら、ともふささんは十畳間と六畳間を占拠する、本の山について考えていた。

あれを全部かたづけてしまうには、どのくらいかかるのだろう。

きっと、途方もない時間がかかるはずだ。

ひとりでやるとすると、季節ひとつぶんくらいの時間が必要かもしれない。だけどきっと、あれさえかたづけてしまえば、はるかさんも迎えられる。しまおさんやみいこさんを不安にさせることもなくなる。もしかしたら、なにもかもがうまくいくのじゃあないだろうか。

いや、たぶんそうなのだ。

きっと、そうなのだ。

やるだけやってみよう。そのあとは、もう、なるようにしかならないのだから。

ともふささんはハンドルを握る手に力をこめた。かすかに潤んだ瞳で、前を見た。そしてアクセルを、めいっぱい踏んだ。

第2章

黄金色のI.W.ハーパー

炭水化物の夜

真冬の二月、木曜日の午後九時、安藤さゆりさんはオフィスで焼きそばパンを食べた。

うまい。

うーん。これ以上の感想が出てこない。べつに焼きそばパンの原稿を書いているわけではないけれど、いちおう言葉で商売をしている以上、あたし、こんなんでいいのかな、なんてさゆりさんは思い、同時に、なぜだか、ほんとに、ちょっとよくわからないのだけれど、なんだかわけもなく、夜の職場で焼きそばパンをほおばる自分の姿が、すごくおかしく思えてきて「うわははは」と声に出していきなり笑ったところで、特に怪しむものなんて誰もいない。なぜなら、この企画部のフロアには安藤さゆりさんしかいないのである。

ちょっと前まで若手デザイナーのヨシムネくんもオフィスにいて、骨だけになった傘を逆さにして三本ほどつなげたような自立式室内物干しの取扱説明書のデザインについて、商品イラストのどのフレームにハンガーを付け足すべきか実に二時間以上悩んでいたのだが、そもそもそれって悩むほどの問題だったのだろうかなんて、彼はいきなり我に返ると自分のセンスを信じて、えいや、と位置決めをして、なんかもうわかんないや、良いという確証もないけれど、これでだめだといわれる理由も自分じゃよくわかんねえし、などとこころのなかでつぶやきながら今日一日の後片付けをして席を立ち、じゃあおれ帰るねーとさゆりさんに声をかけたついでに「あ、そうだ。これ、お昼に買ったやつだけど、食べる?」と手渡したものが、いま、さゆりさんが両手で抱え、ぼんやりパソコンのモニターを見ながら食べている焼きそばパンなのである。

さゆりさんは、焼きそばパンがけっこう好きだ。

日本国民であれば誰もが一度は問いかけられたことがあるであろう「ラーメンとカレー、どちらが好き?」という質問において、さゆりさんの選択は常に圧倒的にラーメンの勝利であって、じつはこれがそうめんでもウドンでもカレーを屈服させてしまう、いってみれば麺派なのだ。もちろん、焼きそばも大好きである。志向もスタンダードな銘柄を選ぶところがあり、残業で遅くなった日など、いつもの日常にアクセントをつける感じでカップ焼きそばを食事に採用するときもあるのだが、そうなるとチョイスは「元祖カップ焼きそば」的な四角いパッケージの商品一択。もっさりとした仕上がりの麺をのどにつまらせ、うっ、うっ、と胸を叩きながら冷たい水の入ったコップを手にとり、氷の音をカラン、と響かせ、飲み下すくだりも含めて愛している。

だから、カレーパンをもらうよりは圧倒的にうれしく、パンの袋をバリッと破くところまでは少々ときめいてもいたのだが、いざ、くちに入れると、まあ、うまいことはうまいのだが、それが喜びというかたちに結びつかない。

舌のうえで丹念に味わい、ああ、おいしいな、と感じることにブレーキがかかってしまう。なんというか、けっこうおおきな後ろめたさを感じているのかもしれない。

そもそも仕事がぜんぜん終わらないのだ。

こんな状況で素直にパンを味わっていてよいのだろうか。

そう思いながら焼きそばパンを噛みしめていると、甘みを帯びたパン生地だってどことなくお湯でふやけた段ボールのように味気なく感じてしまうし、焼きそばにいたっては麺のかたまりをざっくりと噛み切る歯ごたえこそ、いつもどおりだが、ソースの甘辛い味わいは風味とともに今一歩、味覚を感じる脳の部分へビシッと響いてこない。

「うー」

さゆりさんは小さな声でそううなると、とりあえず一気にパンをくちのなかへと押しこみはじめる。とりあえず腹がふくれりゃなんでもいいのだ、と決めたのだ。とにかくいまは、明日朝までに案を用意しなければならない。

さゆりさんが今日の最後に手がけているのは、大根やしょうがなどをすりおろす「おろし金」のネーミング、つまり名前の制作である。百円ショップで販売される予定で、その名を印刷したパッケージのビニール袋は発注もとの商社へ、さゆりさんの会社が納品する段取りになっている。

果たして「おろし金」に名前が必要か？　と疑問に感じる人も多いと思われるが、名前をつけておくことで誤発注防止の効果もあるらしい。そう聞くと、そこそこ重要な仕事であるようにも思われる。まあ、たいへん重要という感じでもないが。

それはさておき、さゆりさんは、焼きそばパンの最後のひとくちを、口中にねじこみ、冬眠前にどんぐりを集める野リスのようにほっぺをふくらませると、そのままむしゃむしゃ咀嚼しながら、何度目になるだろうか、営業からの発注書類をつかんで眺める。何の変哲もないステンレス製のおろし金の写真。その横にある商品特徴の項目には「安くて良いものです」とひとことだけ書いてある。もちろん、何度眺めようがこの文字は変化しない。しようがない。だから。

ふざけんなてめえもっと情報出せ！

さゆりさんがこころのなかで悪態をつくのは、これでもう何度目になるだろうか、なんかもう、営業だってさっぱり気合いが入っているのかいないのかやる気があるんだかないんだかという書類しか持って来ていないわけだし、そんな紙切れをにらんで「あたしが真面目に考える意味があるんだろうか？」という気もしてくるのである。

あー、もー、わけわからんなってもーたー。

というのは、内なるこころであぐらをかいて座っているもうひとりの自分が、ごろん、と寝っ転がりながらつぶやいた、下手くそな大阪弁によるひとりごとである。で、その自分自身の言葉にピンときた。

もー、こんなもん、これでいいんじゃね、と、さゆりさんが書いた案がこちら。

おろし金デッセ

小首をかしげたあと、デザイン表記用に修正した。

おろし金DESSE

そして「えっ、へっへっへっ」と笑い、ナイスじゃん、もう、これでいいよこれで。そのまま提出することにした。翌朝、さゆりさんは担当営業から、かんべんしてよーと苦情をもらい、もう一日納期のばしてもらうからさあ、とまでいわれればさすがにテキトー感もいなめず、とりあえず今日一日で別の案、考えるよ、きのうにくらべてちょっと余裕あるし、と言葉を返すことになるのだが、いざ、その営業が客先に行けば、先方の担当はなにがあったのか知らないがとにかく不機嫌きわまりなく、とんがった口調で、あんた遅いよ、いつアイディア持ってくんのと詰問されたため、世界中の営業という部族が持つ条件反射能力——柔道の受け身に近い「機転を利かす」とかいう技——に基づき、はあ、まあ、じつはいまですね、こういう案があるんですがと、さゆりさんの案をこたえたところ、これがなんと、その場で一発採用となり、ついには、

おたまDESSE

フライ返しDESSE

焼き網DESSE

鍋敷きDESSE

缶切りDESSE

栓抜きDESSE

コルク抜きDESUNON
キッチンばさみDESSE
庖丁とぎDESSE
お弁当クッキングブックDESSE
キッチンタオル「使いやすい」DESSE
つまようじDESSE
と、その商社を代表する一大商品シリーズとなってゆくのだが、このとき、そのことをさゆりさんはまだ知らない。

パソコンの電源を落としてフロアの暖房と電気を消し、オレンジ色のダッフルコートを着込み、会社の玄関にカギをかけて外へ出ると、時刻はもう十時。さゆりさんの吐く息はケトルから噴き出す蒸気のように白く遠くまでのび、安売りのジーンズの生地の隙間からはじわじわと湿った冷気が染みこんでくる。とにかく寒い。

雪こそ小降りになっていたものの、目の前の公園は大地もベンチも遊具も、すべてがもう真っ白になっており、まるでマリンスノーがゆらゆらただよう冷え冷えとした深海にたどりついたような気分で、さゆりさんは一瞬、この世界の底にただひとり取り残されたような気がして心細くなり、心細くなると同時に目の前に浮かんできたのは、かつての上司が、その公園を走り去る後姿だった。

まったく。さゆりさんは思った。あたしが毎日毎日毎日、こんな夜遅く帰らなきゃいけないのはあの上司の責任である。外注を使えば経費はかさむし、突然、部署まかすとかいわれたうえに、そんなお金もやりくりしろとか、突然、そう、なにもかも突然だったのだ！　あたしが、いま、こんなんなってるのはあの男のせいだ。すると重い怒りが、暗い水底から水面へせりあがってくるなにか巨大な海洋生物のごとく猛然と湧いてきた。

そこで思い出したのが、以前、会社の飲み会の流れで連れて行ってもらった、繁華街のちいさなショットバーである。

そこは、あのかつてのオンボロ上司の行きつけの店で、いっしょに行ったさゆりさんや若いデザイナー連中に向かって「飲みたくなったら、いつでもここでおれのボトル飲んでいいからあ」などと、ろれつの回らぬふぬけた声色《こわいろ》で気前のよいことをいっていたのである。きっと、おれって頼りになる上司だぜえ、などと自己陶酔して上司風《かぜ》というか上司旋風みたいなものを吹かせたくなったのであろう。

ならばよし、とさゆりさんは思った。

今日、飲ませてもらおうじゃないの。

さゆりさんは両肩を片方ずつぐるりと回し、首を左右にコキコキ曲げて筋肉をやわらげると、両腕をおおきくふりながら、雪の道をのっしのっしと歩きはじめた。

熊と消しゴムと金髪

十分ほどかけてインターチェンジを越え、高いビルがいくつも建つオフィス街のほうへなおも黙々と歩くさゆりさん。目指す繁華街はそのオフィス街の向こう、日本海に面した港とビルの狭間《はざま》に広がっている。途中で雪も強くなってきたためダッフルコートのフードをかぶったら、胸と背中のあたりがだんだん汗ばんできて、息も荒くなってきた。

やばい。意外と遠いよ、これ。

そう感じたさゆりさんが歩道の端で立ち止まり、車道を眺めれば、タイミングよく空車のランプをつけたプリウスのタクシーが向かってくる。手を挙げてタクシーを止め、後部座席にもそっ、という感じで乗りこみ、たしかあのへんだったと記憶している通りの名前を告げると、ひろくシャイニーなオデコの下に金縁メガネをかけた中年の運転手は、そうっすねえ、雪っすからねえ、女の子のねえ一人歩きはねえ、なにかとねえ、まあ、了解っす、などなど、くどいいい回しをするので、なんかめんどくさいなと思ったら目的地までワンメーターで着いてしまい、あらら、こんな近かったんだ。なんてこった、の気分。

「あー。運転手さん、ごめんなさい。こんなに近かったなんて」

「えー。ぜんぜん、全然、もう、ゼンゼン。仕事ですからねえ、近い距離をいやがる同業者なんてあたしは嫌いなんザンス」

たぶん生まれてはじめて、人のくちから発せられる「ザンス」を直に聞き、さゆりさんは軽く感動したのだが、そんなことはおくびにもださず、料金を精算するとタクシーを降りた。ありあとあッたーという言葉とともに、クルマのドアは音もなく閉まり、雪の降る道の向こうへ静かに走り出す。

さゆりさんもその後姿を見送ると小走りで、繁華街のアーケードへと入った。時刻はもう午後十一時近い。歩みをとめてあたりを見渡せば、天気のせいか時間のせいか、それとも景気のせいなのか、酔っ払いもカップルも誰もいない。茶髪・日焼け・黒服の三拍子そろったポン引きのみなさんも姿が見えない。それでも灯りはこうこうと点いており、アーケードを支える柱に十円玉で刻まれた相合傘の落書きや十メートル先で倒れている錆びた自転車だの、見えなくてもいいすみずみまではっきり見渡せるだけに、閑散とした寂しさがむきだしになって冬の寒さにさらされているような気がした。なんというか寒さにさらされ、それに耐えぬき、鍛えられて「寂しさ」を超えたなにかとんでもなく別物の、誰もがまだ知らぬ「なにか」に進化しそうなくらい、ひんやりとした雰囲気である。

まあ、とにかく歩こう。とこころの内なるもうひとりのさゆりさんにうながされ、うん、とひとりうなずき、さゆりさんは歩きだす。

右手の赤いのれんと、あのところどころ破けたちょうちんは……ああ、あのラーメン屋は覚えている。ラーメンよりも餃子がおいしいと評判なのだが、じつは餃子よりも炒飯が絶品で、ただし、その炒飯は客がコンビニエンスストアから白米をあたためた状態で買ってこないと作ってくれない裏メニューなのだという、どこが間違っているのかわからないが、たぶんなにかを間違えているラーメン屋さんだ。

あれ。あそこに下りてるシャッターは……ああ、あのお蕎麦屋さん、もう潰れちゃったんだ。まあ、鴨せいろに山椒《さんしょう》をつけないなんてシナモン抜きのカルアミルクみたいなもん、出しちゃいけないよね。

そして、さゆりさんは夜のおねえさん向けにドレスを販売する店のショーウインドウの前で足をとめ、なかをじっと眺める。

むむ。あいかわらず、あたしには一生、縁がなさそうな服だなあ。

展示されているたくさんのドレスはどれも基本的に赤や青や緑の原色に近い色を光沢のあ

る生地のうえに乗せて輝いていて、窓はさながら、てかてかきらきらひかるメタリックな服の庭のよう。ドレープ、プリーツ、おお、シースルーときたか！　なぜかテンションが上がる、さゆりさん。窓をじっと眺めて想起するのは、やっぱり「お姫様」の三文字だったりする。ちなみにこの年、小学生のなりたい職業にキャバクラホステスはランクインしており、これじゃあ、こどもがあこがれの職業に「キャバ嬢」とかあげちゃうよねえ。日本はこれからどうなってしまうのだろうか、なんてさゆりさんが思っていると、奥のレジに座っている、これもどこのお店から出てきたのかと思っちゃうようなド派手な化粧——でも服はカジュアルにモコモコした薄紫のセーターにジーンズ——の店員さんと目があい、あっ、どうも、と頭をぺこりとさげて挨拶をすると、その店員さんもにっこり微笑んで挨拶を返してくれたので、べつに申し訳なく感じる理由なんか一ミリもないのだけれど、なぜだかさゆりさんは、すごい迷惑をかけたような気分になり、ほほえみながら一、二歩後ずさりしたあとでそのまま横をむき、ふたたびアーケードを歩きはじめた。

さて、ここまで来れば、たしか、もうすぐのはずである。

すぐそこにある焼き鳥屋の角を曲がり、幅二メートルもないような小路へ入る。

くちびるのイラストに稲妻のマークを重ねたピンクサロンの看板の脇、もうひとつ奥のビルの一階に、見覚えのある木製のドアを発見する。さゆりさんの頭よりすこし高い位置には

「ＮＧ」と英語が二文字だけ刻まれた金属のプレートが取り付けられている。

おー。ここだよここ。あたし、やるじゃん。おぼえてたじゃん。

やるねえ、あたし。こころの内なるもうひとりの自分に声をかければ、やっぱりそっちも得意気で腰に手をあて鼻からふん、と息を出すような感じで気分もすこしハイになり「おじゃましまーす」とドアに手をかけ押したところ、さっぱり動かず、その重さに戸惑いながら肩で押すようにして開き、店内に入った。

ん。なんか暗いような。

左手には五席のカウンター。右手には四人用のテーブル席がふたつ。こぢんまりというよりは、ただ単にちいさなショットバー。もともと照明も暗いのだが、それに輪をかけて、カウンターの奥からふたつめの席に、熊のような大男が腰かけており、その向こうの間接照明のライトをさえぎって逆光になっているためさらに暗く感じられるのだ。

なんというか、さゆりさん的には、その物体としてのおおきさに威圧されている感じである。でも、負けるなあたし。さゆりさんはこころのなかでこぶしを握り、その熊のような男の顔のあたりを見ながら、ひとつ席を空けたスツールに座った。

「おねえちゃん」

使いこんでいびつなかたちになった消しゴムにギョロ目の落書きをしたようなマスターが、

静かに声をかける。

「はい」

「ドアしめて」

やっぱりびっくりしていたのだろう。あ、すいませんすいませんといいながらスツールを下りて三歩ほど歩いて戻り、扉を閉めた。閉めるときも重い。蝶番《ちょうつがい》が錆びているのだろうか。さゆりさんが扉を閉じて振り向くと、熊の向こう、いちばん奥の席にも人がいるらしいとわかった。しかし、その背中のまるまりようから考えると、カウンターに突っ伏して酔いつぶれているようだ。

ふたたびスツールのうえにのっそり腰をおろすと、マスターが睡眠不足のゾンビのような目で話しかけてくる。

「えー」ドアの横のコンクリートの壁に突き刺さったステンレスのフックとそこにぶらさがる黒いプラスチックのハンガーを指さし「コートかけるなら、あそこに」。

「あ、あの寒いんで」と、さゆりさん。「もうちょっと、このままで」

マスターは、あ、そう、といいながらさゆりさんにおしぼりをさしだす。手にとると、あったかい。そのままさゆりさんは顔を拭いてしまいたくなったが、いちおう化粧もしているし、じっとがまんした。マスターはさゆりさんの前へ、コースター代わりに使う畳んだハンカチを置き、カウンターの向こうでうつむいてごそごそ動くと、カクテルグラスのなかにミックスナッツをいれてハンカチの横に置く。

「で、どういたしましょう」

「あの」さゆりさんは思い切って、いってみた。「ともふささんって、よく来ますよね」

するとマスターは、ああ、という顔をした。

「ああ、どっかで見たと思ったら。ともふさくんの会社の」

「はい」ていうか、「ともふさくんの元の会社の」になるんですけど、と、こころのなかで訂正するが声には出さない。

「ああ、ああ」マスターは笑顔になって「たしか、きみ、部下だよね」その瞳もほんのすこし人間性をとりもどす。

「もう元部下ですけど」そういって微笑むさゆりさん。

「あああ、はいはいはい。思い出した。『雪国』九杯飲んだ子だよね」

「え？」

「いや、好きでしょ。雪国」

「たしか、カクテルでしたっけ」記憶にない。

「ええっ、きみ『雪国大好き』っていってバンバカ飲んでたよ。最後の一杯は一気飲みして拍手もらってたじゃない」

「えー」ほんとに記憶にない。「ぜんぜん、わかんないですねえ」

「帰れるのか、ってみんな心配してたよ」

「あー」顔が赤くなっているのが、自分でもわかる。「なんかすいません」

「いやいやいや」とマスター。「きれいに飲んでいただいて、よかったです。で、今晩はどうしましょう」

「あのですね」とさゆりさん。「元上司がですね、その飲み会のときに、いつでもボトルを飲みに来いって、いってたんで、今日はいただきにきました」

おーう。と感嘆の声をあげたのは熊である。さゆりさんがとなりを見ると、熊もこちらを見ており「さすが、ともふさの部下だねえ」といってきた。そのむこうには、酔いつぶれた金髪の男が、カウンターに上体を伏せ、組んだ両腕のなかに顔をすっぽりうずめてかすかに寝息を立てている。

「元、ですけど」

「ともふさくんの会社の人間、はじめて見たよ」

「元、ですけど」はて、知り合いだろうかと、さゆりさん。

「うーん」マスターは腕を組み「でも、あれは社交辞令みたいなところもあるしなあ」顎に手をあてて「そもそも、彼、ボトル空けちゃったんだよね」。

「え、ほんとですか?」さゆりさんがそういうと同時に熊がしゃべりだした。

「いいじゃんいいじゃん。新しいの開けちゃおうよ。ボトル。どうせ次に来たとき入れちゃうわけだしさ」

えー、と眉をひそめるマスター。

「おれ、あとでちゃんといっておくから。なんならボトル代、立て替えとくよ。あとはともふさくんとおれの話になるじゃん、そしたら」

熊は、けっこう強引だ。

マスターはものすごくスッキリしないなあ、という表情ながらも「そういうことならねえ……」顎を右手の指でごしごしこすりながらむにゃむにゃつぶやくと、背後の棚からI・W・ハーパーの十二年ものを出してきた。

「あー」と、さゆりさん。「けっこうなもの、飲んでますね」

「彼、どんなに苦しくても酒だけはランクを落とさないんだよね」とマスター。「あ、ロックにします? それとも水割り?」

「ロックで」

すると熊は、やっぱともふさの部下だわーと空中をぼんやりみつめてつぶやき、自分のお酒、カナディアンクラブの水割りをひとくち飲んだ。

マスターはカウンターのむこうで冷蔵庫からまんまるい氷を取り出すと、アイスピックでガシガシつついてかたちを仕上げ、幅が広くて背の低い円筒形のグラスにころん、と入れて、さゆりさんの前、畳んだハンカチの上にそっと置く。オードトワレなど香水の四角い容器をそのままでっかくしたような、黄金色に輝く美しいハーパーの瓶に手をかけ、キャップをまわし、パリッと音を立てて封を切ると、とくとくとくと指二本分、注いだ。

「ダブルとは」と、さゆりさん。

「大丈夫っしょ」と、マスター。

準備が調うと、熊がカウンターにひじをつき、上半身をさゆりさんのほうにねじって、乾杯の音頭をとった。

「えー、それでは、ともふさの素敵な部下と」

「元、です」

「不幸なあいつに、乾杯！」

こころの底から大声で「乾杯！」といいきったさゆりさんは、ぐいっとバーボンを飲み、そしてうほー、と声に出す。まるい氷がグラスのなかでくるりと揺れて、からころ音をたてる。

「相変わらず、いい感じで」とマスター。素直にほめてくれているのだろう、たぶん。と、さゆりさん。ところで、

「あのー、先輩は、不幸なんですかね」熊に訊いてみた。さゆりさんは去年の夏の夜、公園で別れて以来、ともふささんにいちども会っておらず、秋口に電話をかけてきた大手代理店の若手コピーライター——名前は忘れた——から移籍破談の話を聞いて、なんだかたいへんだなあと思ったものの、営業サイドからは、なんか、自分で事務所始めたらしいよ、なんてうわさも聞き、じつはそのあとで会社の上のほうからそれに関する指示もされたし、それはそれなりに活躍しているような気もするのだが。

「あいつねえ。プロポーズした女にふられちゃって。それでめちゃくちゃよ」

「はい？」手にしたグラスのなかで氷がかちん、といった。

「しかも、その女、あいつの気を惹《ひ》こうとしてこどもができたとかいってたもんだからさ」

「え？」つきあっていてなおかつプロポーズも受けているのに「気を惹こうとして」という展開も地味に「謎」だが、こどもですと？　さゆりさんは首をひねった。しかも、ふられたのが、あの失踪上司のほうとは。こどもができて捨てられてシングルマザーという女性の事例はけっこう意外と世の中にいろいろありそうだが、ほとんどその逆のような流れって、どうなんだろう。ひねりが効いてる人生というか意外性がある失恋というか。

熊はおおきな手に持った細身のグラスにでかいくちをつけ、ぐびり、と水割りをひとくち飲むとちょっと思案をするように視線をななめ上に走らせつつ「おれさあ、実際にはこどもなんかできてなかったんじゃないかと推理してるんだよねえ」。

そこでさゆりさんは気がついた。マスターが、キュッ、とキャップを締めた先ほどのハーパーのボトルを、カウンターの端、組んだ両腕に顔をうずめ、カウンターに伏せている金髪男の前に置いたことに。同時にその男がくちをひらく。

「たぶん、ほんとにできてた」金髪の男は顔を上げた。その目は涙で真っ赤だ。目の前にいる無表情なマスターを見ながら「そう信じてる」。

ともふささんである。

失踪上司の突然の出現に「えーっ」と大声をあげる、さゆりさん。手にしたグラスのなかで氷が回転し、ものすごい速度でカチカチなった。

「先輩！」さゆりさんはのけぞってスツールから落下しそうな体勢を立て直しながら、おおきな声で話しかける。「そのアタマの色、どうしたんですか！」

すると熊はうひゃうひゃうひゃと笑い出し、馬鹿でしょう、こいつう、といったあとで「自分、こいつの高校からの友人で小清水です」そして地元のテレビ局の報道部勤務です、と訊いてもいないのにきっちり述べると「よろしく」握手の手をさしのべてきた。

このひと、わるいやつだなあ、と思いながらも「安藤です」と返して、さゆりさんは、その手をにぎる。そしてもう一度「そのアタマの色、どうしたんですか！」。

元上司は、うるせい、といったあと、グラスにあらたに注がれたバーボンにくちをつけ、ひとくちあおると、だーっ、と息を吐き、そのあとで「気分転換だよ」。

「似合ってないですよ！」

そうとう酔っているのだろう、ものすごくちいさな声で、もういうなよう、もうさあ、とつぶやき、今度はふつうの声色で「明日、染め直すから」きっぱりいいきると、ぐたぐたっ、と頭を揺らしながら、また伏せた。

「ねえ、馬鹿でしょう。こいつの部下って、たいへんだったでしょう」と熊。

「いやー、まー」なにをどういったものか。「はー」

すると、いましがたカウンターに上体を伏せたばかりのともふささんが、勢いよくその頭をまた上にあげ、あっ、そうだ。安藤くん。さゆりさんのほうへゆっくりと振り向き「今度、仕事ちょうだい」

「はあ」そういって、さゆりさんは手にしたグラスのバーボンをぐいっと飲み干す。「マスター、おかわり」あれ、いまのってＯＫしたことになるのかな。会社の上のほうからは、あいつに仕事を出すなと止められているのだが、と首をかしげる、さゆりさん。

たのんだよ、といいながらともふささんは、また頭をカウンターの上に落っことしそうになり、それを寸前で踏みとどまると、そういえばさあ、半分目を閉じながらさゆりさんに尋ねる。

「夏さあ、『風鈴』ていうバンドがいいよって、いってたじゃん。あれ、どこで売ってんの。調べても、見あたらないんだけど」

するとと熊も、へえ、聞いたことないバンドだな、どんな音出すの。というので、いちおうここは、はっきりいっておいたほうがいいだろうと、さゆりさんは思った。

「そんなバンドないですよ」

首をぶるん、と振って、ともふささん。「なに、ない？」

「めんどくさかったんで、でたらめです」

すると、ともふささんは一瞬、ぽかんとしたのだが、つぎの瞬間には焦点の定まらない目つきでふふっ、と笑い、「さすがだな」とひとこと吐き出すと、そのままガタッとくずおれ、カウンターの上で轟沈。いびきをかきはじめた。

「なんか時代劇の最後で斬られた敵役《かたきやく》みてえだな」と熊。いや小清水くん。

そのへん、イメージするのはみんな同じらしい、とさゆりさんは思った。

「で、コピーライターの仕事ってどうなのよ」と熊。

いきなりである。

「あー。それはまー。おともだちの先輩に聞いて、ご存知の通りですよ」

ナッツを入れたグラスから胡桃《くるみ》を取って、コリッ、と噛み砕き、あらたに注がれたバーボンをひとくち飲んだ。

「おれさあ、なんていうか、この店の名前カッコイイと思うんだよね」

「はあ」たしか扉には……「NGでしたっけ」。

「NG……ノー・グッド。開き直ってるというか、潔いよね。あと、映画みたいに再撮影《リテイク》がききそうなニュアンスもあるし。人生もね、リテイクきくといいよねえ」

するとマスターはカウンターの下からグラスを持ち出し、さっと小清水くんのカナディアンクラブを手にとってドクドク注ぐと、流れるような動きの最後にそれを自らのくちもとへと運んで、ぐいっと飲んだ。えー、なにやってんの。客に、ひとこともなく、なんて台詞をいいたげな顔の小清水くんに向かって、こういった。

「ノブオだよ」

「え?」

「ノブオ・ゴンドウ（NOBUO GONDO）でNGだよ。きみ、二十年もここに通って、まだ、覚えられないのか」

マスターはもうひとくち、ぐいっと飲むとグラスをカウンターに置き、ねえ、とさゆりさんに同意を求めるのだが、さゆりさんとしてはどうこたえたらよいものかさっぱりわからず、とりあえず内なる自分にどうするべきでしょーかーと問いかければ、ここはとりあえず笑っとけ、うん、笑うべし！　と力強く断言されたので、なにがなんだかさっぱりなのだが、とにかく「ははは」と笑ってみるしかないのであった。

第３章
ゴージャスなナポリタン

屋上の人

頭のなかが、からっぽになってしまった。と、ともふささんが感じたのは夏の夕暮れ、午後六時前のことだ。ともふささんはパソコンのキーボードから両手をゆっくりと浮かし、テーブルのふちに静かに置いた。

その感覚はたとえば、眉間《みけん》の裏のその奥に雑多な記憶や感情が放りこまれた巨大なプールがあったとして、よし、とこころを決めてコンクリートの水底にある大きな弁をポンと抜いてみたところ、コポコポと音を立てて吸い込まれる水が次第に細くゆっくりねじれだしたと思ったら、つづく数秒のうちに一気に加速し、ごろごろと唸《うな》り回転する槍のような水流が生まれ、その流れはさらに速く、さらにおおきくなり、あれよあれよという間に轟々《ごうごう》と音をたてて逆巻く大渦《おおうず》となってしまい、その中心にむかってプールのなかにぎゅうぎゅうに詰まっていたあらゆる知恵も知識も思い出も、なにもかもが消えてなくなってゆく——といったような、一種、すがすがしいほどに巨大な喪失感をともなうくらい派手なものでは、決して、ない。

どちらかといえば眉間の裏のその奥のほの暗い部屋に据え付けられている巨大な書架に整然と並べられた、ありし日の思いや懐かしい気持ちや、遠い昔に出会い学んだ事どもに手をのばそうとしたその瞬間、指先が届きそうになったはしから、すうっ、すうっ、とついさっきまで目の前に並んでいた背表紙付きの記憶の影もかたちもおぼろになって、次から次へとかすんで消えていき、ついに天まで届くほどの書架ががらんどうの家具に成り果ててしまったような、なんともはかなく、そしてむなしく、同時にもやもやと、つかみきれない、無常感ただようものである。

それはそこにある。

しかし、それは捉《とら》えることができない。

捉えることができなければ、それは、なかったことになって消え去ってしまう。

むしろ、そんな感じ。

こうなってしまえば、もうどうしようもない。望んで選択したわけでもなく、このような感覚はときもところも選ばずに、向こうから突然やってくるものだからだ。

ふるいクーラーがちいさな音でカタカタとなる狭いワンルームのオフィスの一室、ともふささんはビジネスデスクを離れて立ち上がり、背伸びをする。うーん、と声に出して両のこぶしを突き上げ、全身に一瞬力を入れたあと、手をパッと開き、力を抜いて、体の両脇にぱたん、と下ろす。水底の弁を抜く決心同様、よし、とつぶやき、大股で歩きだす。デスクの前のこぢんまりとした応接セットを越え、給湯設備の脇を通れば、目の前はもうドアである。ドアノブを回し、廊下に出ると右手突き当たりのフロア共用トイレに向かって二、三歩進み、すぐにまた左に折れ、階段の踊り場に出て手すりをぐい、と握り、一段とばしで最上階の四階をめざし二階分の階段を一気に駆け、しかし四階で止まらず、さらにその上へと邁進《まいしん》し、本来なら施錠されているはずの扉もあっさり、ふつうにガチャリと開けて屋上に出た。

ひび割れたコンクリートのざらついた床は風に乗って運ばれた砂埃《すなぼこり》で汚れている。ともふささんの身長をはるかに超えて高く高く背を伸ばした金網のフェンスは、幾重にも巡る四季のあいだ降り注ぐ酸性雨にひたすら耐え赤黒く錆びつきながらも、何人《なんぴと》たりともここから落としてなるものかという強靭な意志ひとつで目の前に立ちふさがり、人がたたずむ屋上という場所と自由落下の法則に支配された空中を分かつことで、この世の平穏にささやかな貢献を果たしている。

その偉大な金網のむこうに見えるものは、太陽が海へと垂直落下する日本の裏側、日本海側の小都市の一角、夕陽に赤く染まる街並み。紺色のアスファルトでさえ真っ赤に塗られ、その上に落ちるビル影が重力に抗《あらが》えないペンキのようにだらりと伸びている。いや、それとも、と、ともふささんは考える。それとも、それは、単なる赤というべきでなく、深い緋色《ひいろ》に桃色を溶いたような今様色《いまよう》というべきか。今様色、たしかそんな色があったはず。ともふささんは、ぐい、と空を見上げる。中天は濃藍《こいあい》。そこから地平に近づくにつれ青みは薄くなり、薄花桜《うすはなざくら》のように明るみを増し、沈んだばかりの太陽の輝きが熾火《おきび》のように残った、ビルの連なる地平では見事な紅《くれない》が燃えている。

青と赤、常には交わることのない色が互いに交じり合う境界の時刻、目の前のビル群にぽつり、ぽつり、と灯りがともってゆく。街灯がまたたきだす。十字路では、クルマが混みはじめた。仕事を追え、家に帰る時間がやってくる。

けれども、ともふささんの仕事は終わらない。

いつ終わるのか見当もつかない。

両肩の上に、からっぽになってしまった頭をのせて、じっと夕焼けの街を眺めている。

なくしてしまったなにかが、いったいなんだったのか、それさえ思い出せないまま、屋上を渡るかすかな風に髪を震わせ、立っている。

人間、ほんとうにどうしようもなくなったら、こうして風に吹かれて突っ立っているしかない。そのうち、あ、これでいいのだ、と感じるなにかを思い出すさ、きっと、きっとね。

そう考えながら胸ポケットをまさぐるが、そこには煙草もライターもなく、ああ、そういえば、煙草をやめてもう何年にもなるんだっけ、と気がついて、同時に、なんか、ほんとうに記憶喪失になったみたいだなと我ながらおかしくなって、ともふささんは思わずにやにやしてしまうのであった。

屹立《きつりつ》する巨大な万華鏡が裏返ったかのような十二階建て総ガラス張りのオフィスビル、鮮やかな真紅に輝くそのビル六階の給湯室で、ひばりさんはひざの高さから天井までつづく大きな窓のそばに立ち、あれはほんとうに、いったいなんなのだろうと、道路を挟んだはす向かいのビルの屋上、ひばりさんの位置から一階下、三十メートルほどの距離を隔ててふらりと立ち、遠くに目をやるともふささんを眺めている。どうもなんだか、ひばりさんには、ともふささんが、にやにやと厭世的な笑みを浮かべているように見える。この季節になってから頻繁に目にする光景であり、いったん目にしてしまうとその男——ひばりさんの推定では年齢四十くらい——が目の前の金網にむんずとしがみつき、足をぐいっと高く上げ、がしがしと音を立ててのぼりはじめ、あっというまに頂点に達するとそのままの勢いで、両手をあげて一気に飛び降りてしまうのではないか、と感じ、そうすると胸の動悸が高鳴り脈もこころなしか少し速くなるようで、しばらくのあいだ目が離せなくなってしまうのだ。一度は探しに来た同僚に見られてしまい、どうしたの美山さん、疲れた顔して外なんかぼうっと眺めて最近なにか心配事でもあるの？　なんて、うっかりするとビジネス会話集にでも載っているのではないかと思えるような台詞ではあるけれど、それでも心配をかけてしまい、いえ、なんでもないんです、と明るく笑顔でこたえたものの、オフィスに戻り伝票チェックをしていても、あのふらふらとした男が目の前のビルの手前の灰色の舗道、乾いた土塊《つちくれ》が詰まっているばかりのうす汚れた白いプランターのその横でそれこそ真っ赤な花と成り果てているのではないかと思うこともけっこうあり、最初のうちは屋上の立ち姿を見て、ああよかったまだ生きていたと安心していたのだが、最近では心配するのにも疲れ、どちらかといえばめんどうくさくなり、むしろ男が屋上でまたもやにやにやしながら立っているのを見ると、こちらの気も知らないで、それならさっさと飛び降りてはくれないか、いっそそのほうがすっきりするのにとはっきり思い、思うと同時に、いや、そんなことを願ってはいけないのだと、反省したり、なんというかほんとうにこころの健康によくない。やっぱり、もう決心して飛び降りるべきなのだろう、と青いボールペンでピンクの付箋に書いてみて思わず背中がさっと冷え、いま、あたしが書いた一文をオフィスで働くほかの誰にも見られてはいないかときょろきょろ周囲を見渡したあとで足元のゴミ箱に捨てることも二、三度あり、そんなとき、ひばりさんは、あれ、ひょっとして、あたしはほんとうにすごく疲れているのかもしれない、と深く感じるのだった。

赤いマクドナルド

目の前の応接セット、長ソファの端に座るかつての部下、安藤さゆりさんがローテーブルの上にどさりとマクドナルドの大きな袋を置くと、これ、打ち合わせしながら食べちゃっていいですか、と訊くので、よくねえよ、とともふささんはこたえ、なにお前、打ち合わせしながらメシ食うって、そんなの聞いたことねえよ。つづけて、お前、会社でもそんなことしてんの？　と質問すると、いえ、べつにしてないですけど、といいながらさゆりさんは袋をテーブルから持ち上げ、自分の隣にぼすっと置きながら、もうすぐお昼だし、いちおう先輩のぶんも買ってきてたんですけどとつぶやいた。じゃあおれも食う。えー。えーじゃなくて最初にいいなさいよ、そういうことは安藤くん、と、ともふささん。ハンバーガーに釣られて「お前」がくん付けに格上げである。こいつ、と内心思いながらさゆりさんは、どうも会社から独立して以降、かつての上司は肩書きという垣根が取り払われたせいか、なれなれしい。しかも安藤さんが発注者側になったこともあり、どこか威厳がないというか、品格が落ち気味というか、余裕がないというか。やっぱり仕事うまくいってないんですか、なんて、ついうっかりいってしまったあとで、どきりとし、さゆりさんは、ああ、ちょっと失敗した、くちがすべったなと思ったのだが、あっさり、うん、とともふささんがいうので、これにも驚いた。

「どうもねえ……しかし、これくらいの地方都市でコピーライターというのはなかなか難しいよ、やっぱり」

さて、このように字面《じづら》にするとけっこう寂しげで湿った雰囲気ただようしょんぼり発言という感じになってしまうのだが、口調はさきほどの「お前」よばわりとさほど変わらず、そんなに深刻な空気をまとっていない。まとっていないだけに、いっかーまずはストレートで調子見っからー、おらこーい、おっしゃーバッチこーい、と絶叫する高校時代の野球部を思い出すまでもなく、まさに直球の本音のようにも思える。だから、とりあえず、さゆりさんとしては、そうなんですか、としかいえず、そうなんだよ、というともふささんも、それ以上、特にいうことはなにもない。

「まあ、なんとかなるんじゃねえの」

「はあ」

とりあえずこのような事務所もいまのところ維持できているようではあるし、この先に踏み込んであれこれ訊くこともない。べつにさゆりさんはともふささんの彼女というわけでもないのだし、所詮《しょせん》、ふたりのあいだに仕事がなければおたがい赤の他人なのである。多少の敬意はあるにせよ、というより、まあ、なんというかいまこの瞬間、唐突に、ふと思ったのだけれど、話をするとか食事をするとか、いろいろ接する際にいちいち敬意を必要とする人間関係って、やっぱり疲れませんか？　と、さゆりさんが内なるこころに問いかけてみれば、それもそうなりー、ともう一人の自分が笑顔でこたえているような気がしたので、じゃあとりあえず「じゃあ、まあ、ともふさ、お前はチーズバーガーとフィレオフィッシュで、あたしがビッグマックふたつな」といったらテーブル脇のマガジンラックに置いてある二週間ほど前のビジネス誌であたまをパーンと叩かれた。

「先輩、いたいです」

「お前のギャグセンスはわかりにくいよ。親しき仲にも礼儀ありだよ。もうちょっとおれを尊敬しろよ」

「してますよ」

「ほんとか」

「そこそこ」

まあいいけどよ、といってともふささんはチーズバーガーとフィレオフィッシュ、そしてマックシェイクのバニラを受け取る。ビッグマックのパッケージを両手に持ち、うおー腹減ったー、と誰にともなくつぶやいてにこにこしているさゆりさんを眺めながら、しかし、よく食うな、お前。そんなことないですよ、とさゆりさん。これくらいふつうです。ふつう？　はい。ふつうねえ、と思いながらともふささんは、さゆりさんの着ているTシャツの胸もと中央に書かれた「不用心」の文字をみつめる。ともふささんはこれ以外にも「空手家」「ふぐ大好き」「夢があります」など、どのような理由でチョイスされたのか理解しがたい文字の書かれたTシャツをさゆりさんが得意気に着ていたことを覚えており、さらにそう思い出した瞬間、そういえばこいつ、たしか「得意気」という三文字をプリントしたTシャツも着ていたぞと、はっきり記憶が甦ると同時に、瞬間、自己言及性とか暗喩とかメタフィジカルというかメタフィクショナルというか、なんともむつかしいことばがいろいろと脳裏をかすめて混乱せざるをえないのだが、さて、こいつのいう「ふつう」とはいったいどういう意味なのか、まったくもってどこが普通というのだろうか、だがしかし、いやいや、まてよ。そもそも普通の概念と感覚は一人ひとりちがうわけであり、その意味においてそれぞれの普通はじつは完全に「私にとって」という枕詞《まくらことば》がついていて、それはつまり世間一般では普通ではないものも私にとっては普通という意味も含んでいることになり、そうなると、その時点で普通という言葉は本来その言葉が指し示そうとしている本質、つまり一般性への言及とはことなる異質なものとなってしまい、あれも普通、これも普通、私も普通、彼も彼女も普通と、普通の言葉を使えば使うほど結果的には普通ではないことも次々と普通になってしまい、それはつまり普通であることは特殊なことでもあるという状況で、普通が頻繁になり、普通が増殖し、普通に拡大すればするほど普通が意味すべきものからどんどん遠ざかっていくという、シニフィアン（意味するもの）とシニフィエ（意味されるもの）が永遠に結ばれないというよりはむしろたがいに斥力《せきりょく》を発揮する異様な状態。それははたして言葉として機能しているといえるのであろうか、いや、しかし、そうなると普通という言葉、これは普通に、ふつうではない言葉なのですねと無難に思考停止したところで、先輩、どこ見てるんですか、セクハラですか、とさゆりさんがいうので、ともふささんは一瞬カチンときたものの、まあ、ちょっとお前不用心だな、と返すと、うまいね。座布団一枚あげます、などといってくるので先ほどの雑誌をもう一度つかもうかと思ったが、さすがに、なんだかくどいな。もう、どうでもいいや、と思って、やめた。さゆりさんはビッグマックをテーブルの上に置き、肩にかけてきたトートバッグをひざの上にのせ、なかを覗きこんで両手をつっこみ、なにやらごそごそ探っている。フィレオフィッシュの包装を半分解いて右手に持ち、ガサガサ音をたてながらさっさと食べはじめたともふささんがなにやってんの、と訊ねようとしたそのとき、あったあったといってさゆりさんが取り出し、テーブルの上にコトリと音を立てて置いたのは厚いガラスでできた、タバスコの真っ赤な小瓶だった。

「なにそれ」

「は？」

それ、と、ともふささんが白身魚の揚げ物とバンズ、そして少量のタルタルソースをくちにほおばり噛み砕きながら不明瞭な発音で訊ねると、さゆりさんは一瞬、怪訝《けげん》そうな顔をして、これですか、とタバスコの瓶を指さして確認する。うん、そうとともふささんがいってうなずくと、さゆりさんはすこし不思議そうな顔つきになり、ほんとにこれのことですか？と、もう一度タバスコの瓶を指さす。そうそう、とともふささんがふたたびうなずくと、片手を開いて顔の前にあげる「待った」の姿勢をとるかわりに、ちいさな声で、えーとですね、とワンクッション置き、安物の黒い合成皮革張りのソファに背中を預け、これは赤唐辛子を潰して発酵、熟成させた調味料で、すごく、辛い味がします。酸味も利いていると私は思います。高名なプロレスラーであるアントニオ猪木氏が日本における本品の普及に貢献したことでも知られているもので、名前は「タバスコ」といいます。と述べてみようと思ったが、さすがにここまでからかうと本気で怒り出すかもしれないので、持ち歩いてるんですよ、とふつうにこたえた。

「え、なに」と、ともふささん。

「は？」と、さゆりさん。

「タバスコ」わかるだろ、みたいなくちぶりの、ともふささん。

「はあ」なんかよくわかんないな的な、さゆりさん。

「なんで持ち歩いてるの」

「ええ？　ふつう持ち歩いてませんか」

「持ち歩かないよ、ふつう」

「だってマクドナルドですよ。タバスコいるでしょう」

「え、なんで」

「そのほうが美味しいじゃないですか」

「え、美味しいの」

「常識ですよ。でも、マクドナルドにタバスコ置いてないんですよ」

「あー」

「だったら持ち歩くしかないじゃないですか」

「えー」

「えーじゃないですよ」

ほんとにもう、といいながらさゆりさんはパッケージからビッグマックを取り出すと、バンズを外し、ハンバーグの上にカシャカシャとタバスコをかけはじめた。みるみるうちに赤く染まるパテ。それを見つめるともふささんの舌の裏側付け根のあたりに唾液が湧き出し、知らず知らずのうちに喉元へ力が入る。辛そうだなあ、それ。そうでもないですよ。なに、いまの若い子ってみんな調味料とか持ち歩いてんの？　という、ともふささんの質問に、この元上司がもう四十を越えており、しかも独身だということを思い出す。ああ、あたしって二十五越えても「若い子」なんだというへんな再確認。そういえば失恋の痛手からはもうすっかり立ち直ったのだろうか、などなど、一瞬の閃光がよぎるように浮かんだいくつかの言葉をここはいったん、脇に押しやり、そんなのは知らないっすよ、ともだちにはマヨネーズ持って歩く子もいますけど。

「いつ使うの？」

「居酒屋とか」

「ほー」

ほー。ってなんだよ、と思いつつ、さっきもいいましたけど、ほしいけどなかったら、自分で持ってくしかないじゃないですかというと、異様に粘度の高い飲み物として知られるマックシェイクを頬に力を入れてすいこんでいた元上司がゾズッ、とストローの詰まる音をたてて、さゆりさんを指さしたあとで、つまり、それが、クリエイティブだね、などと大仰《おおぎょう》にいうのでバカにしているのかと思ったら、ふつうに感心しているらしい。

「なければ、自分でどうにかしないとね」

「はあ」

「あと、なくしたりとかね」

ぱくり、とおおきなくちをあけてさゆりさんはタバスコのたっぷりかかったビッグマックにかぶりつく。牛肉の旨み、ピクルスの酸味、生野菜の歯ごたえ、チーズのコク、専用ソースの甘酸っぱい味、そしてタバスコの辛味が渾然《こんぜん》一体となって、鼻の奥までふくらむ芳醇《ほうじゅん》な香りとともに口中に広がる。うまい。と同時に、で、なくしたって、なにを？　と疑問に感じたものの、むしゃり、むしゃり、むしゃり、と咀嚼を重ねればその疑問などバンズやピクルス、肉のかたまりと一緒に胃のなかへ落ちてしまい、あれ、あたし、いまなんか思ったような思わなかったような。まあ、いいや。

「あのー、じゃあ、仕事の話しますか」

「そうだね」

フィレオフィッシュを片手にともふささんは身を乗り出す。今回の案件は地元の木工家具メーカーが意を決して国際的なデザイン見本市に出展するとかで、この業界初の試みを成功に導くために国内から海外まで、もっといえば濃厚な取引先から顔見知り、さらには名前しか聞いたことがない海外の商社まで、とにかく縁がありそうな幅広い関係各位先へ片っ端からインビテーションカードというか、案内用の印刷物セットを送付したい、ということで、その文章をお願いします、というものだった。社長挨拶、『地域における木工の伝統と美について』と題されたコラム、そしてA5サイズ十二ページの小さなリーフレットとなる印刷物の中面、数百年の樹齢を誇る桜の木を持つ古刹《こさつ》や、雪原の風景画ばかりを展示した美術館など、様々な地元の建築物に置かれた四点の木製家具の写真、そのイメージそれぞれに添えるコピー。ともふささんは、地域における木工の伝統なんて毛ほども知らないのだが、それでもなんとか書けるだろうと思った。それより……。

「この画像って、合成？」とともふささん。

「はい」

「なるほど」そして「デザイン誰？　会社の人間？」。

「はい。ヤマダです」

「あいつか、なかなか腕をあげてるなあ」

「そうすかね」とさゆりさん。「写真の扱いがうまいだけですよ」

「うまくてなによりじゃないか」

「ふん、」とさゆりさんはなぜか鼻で笑い「まあ、そういうわけで先輩が持ってるクリエイティブのセンスとイマジネーションを十二分に発揮して、案内をもらった相手がぜひ見に行きたい、ふれてみたい、なんだかこの会社の家具ってよさそうじゃん、と感じるようなですね、こころに響く文章をよろしくお願いします。納期もそこそこ余裕あるんで」。

「まる投げかよ」

「いえ、これは『全幅の信頼』といいます」

あーあ、といってともふささんは残りのフィレオフィッシュをくちに突っ込み、もごもごと動かしながら、おへ、さいひん、ふわんふなんはほへー。

「え、」とさゆりさん。「スランプなんですか？」

「うむっ」ともふささんはそこでくちのなかのものを飲み込み、つづける。「なんというか、言葉が出にくいっていうか、見つからないというか、なくしたというか、なんかこの夏は調子悪いんだよねー」

「さっき、いってたじゃないですか」

「うん？」

「なかったら自分でどうにかするしかないって」

「うん」といいながらマックシェイクに手を伸ばす。「いっそ、ともふさ語とかつくっちゃおうかな」

あははは、と笑うふたり。

そして、さゆりさんいわく「でも『＃＄к☆@、Я％ж¢ゞЭ▼、Ψ¶∞Φ₡≧γ。』なんて謎の文字が並ぶ原稿出してきたら、今度はあたしがぶっとばしますよ」。

暗い忍耐

深夜一時。断熱二重サッシと淡いピンクの遮光カーテンにより窓の外、夏の夜のぼんやりした熱気と遠くに見える街の灯を切り離した５ＬＤＫマンション内の一室、しん、と静まり、ひんやりとするほど空調が行き届いたひばりさんの部屋。壁にぴたりと寄せられたシングルベッドにはフリルがついたものや薄いクッションのようなものなど、四、五種類の枕が小高い丘となって積み上げられ、そのかたわらに大小様々なパンダやテディベアやキティちゃん、手づくりの編みぐるみなど、雑多なぬいぐるみたちが仲良く肩を寄せ合って、中学生のときから使いつづけているマホガニー材のデスクにむかうひばりさんを見つめている。きれいにかたづけられた塵《ちり》ひとつない卓上には、落ち着いたブラウンカラーのノートパソコン。襟に可憐《かれん》なバラの刺繍《ししゅう》が入ったミントグリーンのパジャマに身をつつみ、ひばりさんは、緑のゴシックフォントが無機的に並ぶ黒い画面のホームページを、息をとめて凝視している。

ひばりさんは、かわいいものが好きだ。今夜もテレビのニュースで猪《いのしし》のこども、いわゆる瓜坊《うりぼう》がおさるのこどもを背中に乗せて動物園内をタッタカタッタカ走る様子を見たときは気絶するかと思った。そもそもウリボー、というこの言葉の響きがかわいい。瓜に似ているから、という意味はさておき、こう呼んだ最初の人は天才であろう、とひばりさんはこころの底から思う。かわいいものは、テレビのなかだけでなくなにげない普段の日常にもたくさん存在している。たとえば朝起きたときに窓の外、ベランダの手すりの上で小首をかしげる、まるまるとした雀も好きだ。犬や猫を飼っているともだちの家に遊びに行ったときなど、ペット禁止の我が家のうっぷんを思う存分晴らすべくおおいにはりきるため、もしかするとだいたいの場合、友人本人よりも、その家のペットと遊んでいる時間のほうが長くなっているかもしれない。自然のなかにいる愛らしい動物やひとなつっこいペットを愛《め》でることができる、そんな毎日こそひばりさんにとってなによりも大切であり、そうであるがゆえに戦争とか犯罪とか災害など、あってはいけないことなのである。そんな愛にあふれたひばりさんがとりわけ執心し、いとおしいと感じるのは、白と黒のツートンカラーで、もこもこしているもの。つまり、パンダである。あれは小学生の低学年だったころ、この国で生まれたまるくてちいさなパンダの赤ん坊が秤《はかり》に載せられ、ぐったりと足を投げ出して座っている様子をひと目見て、こどもごころに心臓を射抜かれたような、熱い衝撃を感じたのである。もちろん、おとなのパンダもよいけれど、やはり、こどものパンダがおおきなおしりでころころ転がり、短い手足でとことこあるくところなど、かわいすぎて死んでも悔いがないほど好きだ。むしろ「萌え死ぬ」ことがほんとうにできれば、わが生涯に悔いなし、ともいえる。

だがしかし、今夜から、そんな「かわいい」にはしばらくおわかれである。むしろ、つらく苦しい、みずからの意志の力が問われる研鑽《けんさん》の日々が始まるのだ。

いったいなんで、と問われれば、そう、これはもうあれしかない。あの屋上の男の件である。

あの男がビルから飛び降りるとき、きっとその瞬間をあたしは目撃するのだろう、とひばりさんは思うのである。思うというより、確信しているといったほうがよいのかもしれない。もちろん、電話で警察に知らせればよいのであるが、それだけではすまず、いやひょっとすると、あなたのおっしゃる人とはこれですか、と立ち会った警察官に背中を押され、路上に散った真っ赤な花のようなあの男の死体を確認させられるはめになるかもしれない。現場保存のブルーシートがめくられるそのとき、あたしはちゃんと立って、その死体をしっかりと見ることができるだろうか、その自信があたしにはない。だから――。

だから、克服しなければ。

そんなわけでいま、ひばりさんは死体写真集のサイトのトップページを凝視している。戦争・内乱、交通事故、事件、など様々な世の中の悪夢がジャンル分けされ、緑色のフォントで並んでいる。

ひばりさんは、息をのみ、パッドをくいくいと動かしながらポインタを、戦争・内乱の文字に合わせ、クリックした。その刹那《せつな》、世界は闇のなかへ消えてしまう。

ああ、目を閉じてしまった。

これではいけない。

ゆっくりとひばりさんが目を開けると、そこには戦争・内乱1、戦争・内乱2、戦争・内乱3と、ナンバリングされた文字列が並んでいる。ひばりさんは、ほっとし、ひょっとするとこのサイトは、死体写真素人《しろうと》の私にもやさしい初心者向けのものだったのだろうかと思い、サイトをつくっている人のやさしさに一瞬、感謝する。でも、ほんとにそうなのだろうか。

いや、やはりそうではないだろう、と思いなおす。そう、それは誤解なのだ。このように文字だけを並べ、写真をわざわざ隠しておくことによって、見たい、見たい、という欲望を煽《あお》り、高め、もっともっと、と飢えさせ、人のこころを深く暗い淵のその先へ、さらに奥へと導いているのだ。なんと邪悪な。ひばりさんは、ふつふつと怒りがこみ上げ、戦争・内乱1

の文字をクリックした。

雨の後、あるいは湿地だろうか。暗い灰色の濡れた土の上で倒れているオリーブ色のカーゴパンツをはいた男。しかし、その上半身は胸のあたりから、戦車のキャタピラの深い轍《わだち》の跡いっぱいに赤やピンクや白い脂のまるで肉屋のショーケースをぶちまけたような

ひばりさんは、すっくと立ち上がると空中の一点を見つめたまま、しかしどこを見ているというわけでもなく歩きだし、慣れた手つきでドアを開け、まっすぐトイレを目指して廊下を進み、入室を感知して便器のフタが自動的にスッと上がるのを見届けると、ひざを落とし、吐いた。うっ、うっ、と吐きながら、ああ、あたしには無理だ。今日はもうがんばった。あたし、がんばった。今日はもう無理。という思いが頭のなかをぐるぐると巡り、目じりから涙を流した。

そのまま、しばらく。

便座にしがみついたまま五分ほどたつと、ひばりさんは立ち上がる。トイレの外に顔を出し、親が起きてこないことを確認する。こんなことで迷惑をかけてはいけない。忍び足で部屋にもどるとパソコンから顔をそむけてゆっくりと指をのばし、キーボードの脇だからだい

たいこのへん、と手探りでボタンを押し、電源を落とした。

それから二時間。

午前三時。

真っ暗な闇のなかでベッドに横たわるひばりさんのかすかに潤んだ目だけが光っている。なんというか、目を閉じて眠ってしまうと、あの死体の写真がまた出てきそうで、恐ろしい、というよりも、気持ちが悪い。人間は、あそこまでモノのようになれるのだろうか。壊れてしまえるのだろうか。ぐちゃぐちゃになってしまうものなのだろうか、と考えるたびに瞳の裏へあの写真のイメージが、ふっと浮かんできそうで、また胃のあたりがきゅうきゅうとし、ぬいぐるみたちを抱く手に力をこめ、だいじょうぶ、あたしだいじょうぶ、と何度も頭のなかで唱えながら、また、もう何度目の試みになるかは覚えていないのだが、ゆっくりと目を閉じる。

なにも考えてはいけない。

なにも考えてはいけない。

なにも考えてはいけない。

もっとも、しばらくすれば、なにもかもあきらめたようにゆっくりと目を開けて闇を見つめ、またまた、このままでは眠れない、思い出したらどうしよう忘れられなかったらどうしようと、同じようなことを考えつつ、その意に反して、そう考えるそのたびに、死体のイメージをより強く、さらに忘れがたく、フィルムの画像を印画紙に焼き付けるように、こころへ刻んでしまうのだ。

悲しみの霞が関

「おれ、気がついたことがあるんだけど」と、ともふささんのちいさなオフィス、そのソファに寝転がってテレビを観ていた小清水くん。

「なに」と資料が山積みにされたデスクに座り、卓上にひじをついて組んだ両手の上に顎を置き、パソコンをにらんだままこたえる、ともふささん。

「お前、この一時間ほど、キーボード叩いていないよな」

「ほう」とともふささん。「よく気がついたな」

「やっぱ、そうか」

「うん」

「めんどくさい仕事なのか」と、小清水くん。

「いや」とともふささん。「めんどうというよりは、スランプだな」

「スランプ？」と小清水くん。「なんかそのわりに、余裕ありそうだな。焦ってないのかよ」

「いやいやいや焦ってる、焦ってるよ。なにもいわず、なにも書かず、ただ座り、時計の針が一秒、また一秒と締め切りに近づく現実に、じっと耐えてる、という感じ。まいるね」

「てか、ひとごとのように聞こえるんだが」

「なにをするにしたって客観性は大切なのだよ」

小清水くんは、ふーん、といいながらリモコンに手をのばすと短い間隔でつぎつぎにチャンネルを替えだす。ローテーブルの上に置かれたコーヒー、それは彼自身が、ドアの脇にある湯沸かし器、流し、コンロといったちいさな給湯設備を使って淹《い》れたインスタントのものだが、それもすっかり冷たくなっており、とにかく長いあいだここでゴロン、と横になっている。心臓を下にして、ひじ枕をしたまま再放送の時代劇、ワイドショー、再放送の推理ドラマ、芸能ニュース、料理教室、たのしい園芸、夕方のニュースと、ひたすらテレビを観て、ひたすらチャンネルを替えつづけている。ただ、ともふささんも気がついている。あいかわらず、小清水くんは、自分の勤め先である地方のテレビ局の番組だけは観ない。以前に一度、ともふささんはこの報道ひと筋の友人に訊いてみたことがある。なんで自分の職場の番組を観ないのかと、こたえていわく、自分の職場だから、オフの日は観ない。

だって、休みだからな。

なるほど。

だから先ほどからめまぐるしくザッピングをしつつも非常に器用に自分の局だけは押さないのである。もちろん、押し間違いなどありうべくもない。リモコンのボタンの押し方に関する特殊な訓練を受け、道を極めた職人、なにしろこのみちひと筋でさあ、どうかあっしの腕を信頼してくだせえ、という台詞もたぶんよく似合うであろうくらいの、完璧な避けようである。それは小清水くんの持つ神経質な一面ともいえるのだろうが、他人のオフィスのソファに、ドサッと音を立てて捨てられたやる気のないばかでかい熊のような体型で寝っ転がり、靴も脱がないズボラさ、遠慮のなさ、失礼さ加減、つまり、強引さ？　というものもまた、もう何年も前にともふささんが小清水くんに対して注文をつけることをすっかりあきらめた彼の性格のおおきな部分を占めるものである。

一例をあげると、いまから二十年ほど前のこと。ともふささんがデザイン広告業界に足を踏み入れる以前の出来事になるのだが、よく晴れた春のある日、大学は卒業したものの東京での就職に見事に失敗し、地元でふらふらしていたともふささんは、この高校時代の同級生から突然電話をもらい、明日からお前、おれのバイトな。と、いきなりわけのわからぬ決定事項を伝えられたことがある。

え、なにそれどういうこと？

駅に朝五時に来てよ、じゃあね（ブツッ）。

これが、そのやりとりのすべてである。まさに、強引というよりは、ともふささんが「なにいってんだ」とめんどうくさがったり「ふざけやがって」と怒ったり、あるいは「そんなこといわれてもさあ」とすでになにかの用事が入っているかもしれないなどなど、とにかく「駅に姿を現さない事態」を微塵《みじん》も想像しない態度で電話を切った小清水くん。ともふささんは、ええええ、仕方がないなあ、と思いながら翌日の朝「人は困惑すると、このような顔つきになります」と書かれたプレートを首からぶら下げたような表情で駅へ行ったのだが、行けば行ったで、小清水くんは新幹線のホームへとつづくコンコース上で突然ともふささんに重くおおきなカメラを渡し、じゃあ、今日は東京に取材に行くからカメラマンやって、と、まったく常人には理解不能のオファーをもちかけ、さすがにおいおい、おれ、こんなカメラ扱ったことないよと、ともふささんがいえば、大丈夫、車内で教えるから。そもそもこんなのはボタンを押せばいいだけだし、のぞいてるファインダーの画面の隅にはちゃんとRECって文字もでるから簡単なんだぜ、といったあとで、こうつづけた。

ただ、落とすなよ。これひとつでポルシェが買える値段だから。

なに、一千万円もするのか！

驚くともふささんに冷たい声で「ぶっ壊したら弁償だからな」などと怖い台詞をさらりといってのけ、ともふささんをひどく理不尽かつ憂鬱な気分にさせたことがある。まあ、そんな性格である。

お、と小清水くんが声をあげる。テレビでは公害関係の訴訟が取り上げられていた。国土の自然を健やかに保つある官庁の映像が入る。そういえば、いっしょに行ったなあ、と彼がつぶやいたそのひとこと、その思い出こそ、まさしく、先ほどのバイトの話の一件なのだった。

その日、ともふささんと小清水くんが新幹線、地下鉄と乗り継ぎようやくたどり着いたのは、その国土の自然を健やかに保つ官庁の、巨大で灰色で部外者立ち入り禁止をコンクリートで具現化したように立派な庁舎であった。重く高価なＶＴＲカメラを両手で抱え、おおい、なんだよう、こんなとこ来たことねえよ、とすっかり腰が引けたともふささんを尻目に、小清水くんはわき目も振らず、ずんずん歩き、ロビーの受付でなにやらひとことふたこと言葉を交わすと、ぁしたー、と「ありがとうござい＋子音ｍ」を省略する運動部のような適当な礼をのべ、こっちこっち、とともふささんに手を振った。

なに、お前、ここ前も来たことあんの
ないよ。
このときばかりはさすがにこいつはえらい、とともふささんは思い、お前すごいな、と思わずいうと、
仕事だからな。
なるほど。
ふたりは薄暗い、なにに使われているのかよくわからない部屋へと通された。昼間なのに部屋全体がうっすらと陰に沈んでいるような雰囲気、春も早いとはいえ、それ以上に空気が冷えている感覚。二十畳ほどの広さの一室で部屋の真ん中には折りたたみ式の細長いテーブルが八つ。一辺二つずつを使用して四角いかたちに並べられている。反対側の入り口近くには他社の報道らしき人間がふたりほど。ひとりは背広で、ひとりはジャンパー、ともふささんが抱えているようなカメラがジャンパーの男の前に置かれている。ふたりとも、打ち合わせだろうか、ひそひそとちいさな声で会話をしていた。壁際には硝子窓のついた書類棚が並び、そこにはちゃんと色とりどりの——ただし、くすんでいる——ファイルがぎっしり詰まっている。
とりあえずテーブルの上にカメラと、機材の入ったバッグを置いたところで、あ、と小清

水くんがぼそりとつぶやき、おれ、そういえば取材する会議をどの部屋でやるか聞いてなかったわ、とつづけたので、いやそれが一番大事じゃん、とともふささんが返すと、ちょっとここにいてくれよ、カメラから目を離すなよ、といい残して部屋を出ていった。

茶色のビニールの安っぽいクッションが張られたパイプ椅子をテーブルから引き出し、座るとともふささん。ちょっと小休止である。朝五時の集合以来、なにがなにやらどこに行くのかさえわからなかったため、体がどうのというよりも、いささか気持ちにこたえていた。テーブルの上に置いたカメラを見つめ、深いため息をはあ、と吐く。すると部屋の反対側にいる件《くだん》のふたりのうち、背広を着た男が話しかけてきた。

どうも、おたくはどちらの局？

一瞬、こころを無防備にしていたときに、どん、と質問を突っ込まれてきたうえ、おたくといわれても、ともふささん自身はなにものでもないわけで、どうこたえたものか、あー、えー、としばらくくちごもったあとで、小清水くんの勤め先をいうと、ああ、地元のローカルの、といいながら、ふ、と鼻で笑われたような気もしたのだが、いちおう、自分は今日、そこのバイトで、というと、
なんだ、バイトかよ。

といいはなって、目をそらし、へ？　と驚いたともふささんが、あの、なんですか、と訊

ねても返事をかえさない。どうも、ともふささんと話をすることは、その報道らしき人間にとって時間の無駄のようであった。

一方、ともふささんの気持ちとしては、なんかむかつく、という怒りの感情よりも、あれ、やっぱり自分はこんなところにいてはいけないのでは、という思いのほうが先にたつ。というのも、ともふささんは前の年の春、入社試験の作文評価がずば抜けていたという理由で、東京の企業に新卒採用されたものの、ああやっちゃった、こんな暗い会社だと思わなかったというともふささんの気持ちと、ううん困った、こいつ仕事できないぞという会社の思惑《おもわく》にくわえ、怒鳴りまくる上司のプレッシャーからともふささんの神経症発症という事態に進展した結果、人事、同期、友人、親戚の各方面に無茶苦茶な迷惑をまきちらして依願退職をしており、どうも自分に自信がない。そのため、バイト風情が声をかけるな的な雰囲気にも素直に、ああ、やっぱり自分はだめなんだなあと深く実感してしまい、胸の奥がぎゅっと締めつけられるようでなんともいたたまれず、いちおう小清水くんに釘は刺されているのでカメラをよいしょと両手で抱えて座ったばかりの椅子から立ち上がり、ガラガラと戸を開けて廊下へと出た。廊下も暗い。部屋と部屋が並ぶ間をまっすぐ通るその床は茶色のリノリウムで、どこか遠くの窓から入ってきた鈍い光がおぼろに映る。昼間でも照明が必要なほどなのに灯りがないのは環境に配慮してのことだろうか。とりあえず、ともふささんは立っているのもしんどいので、壁に背をあずけて廊下の隅に腰を落とし、カメラを脇に置いて手を添えた。

ぼんやりと視線を宙にやり、なんか突然遠くまで来てなにやってるんだろう、そして、学校出ても定職ないし、こんなところでバカにされるとは思わなかったし、自分も小清水くんとか友人たちに大きく水を開けられちゃったなあ、なんて漠然と感じていると、気持ちは沼地に捨てられた放置自転車のようにゆっくり沈み、どんどん錆びついていくような気がして、ああ、はやく家に帰りたいなあと思っていたら、廊下のむこうからそれは来た。

それとはなにか。

それは、つまり、ものすごくかんたんにいうと一ダースほどの人数からなる、大人の格好をした小学生の一団である。

先頭には大人の格好をした小学生というよりは中年になった小学生という感じで、集団のなかでもひときわ立派な雰囲気と風格、小学生的にエクセレントな輝きを持つ背の低い人物が紙袋を片手に大股でのっし、のっしと歩き、その背後にはきっちり二列に並んだ、それよりは人生経験の浅そうな二十代から三十代の、つるん、とした顔の小学生たちがにここにこしたり、たがいに話をしながらざわざわと歩いてくる。

さて、大人の格好をした小学生、その存在とはいったいどういうものなのか。それはきらきらと輝く海を見て趣味はポエムのうら若き乙女が「この海の輝きはダイヤモンドのようだわ」とうなったり、五月雨《さみだれ》のなか、伊達男《だておとこ》が悲しい恋の終わりに傘もささずに濡れながら

「おれのこころの苦しみも、この雨のように流れてしまえばいいのに」と傷みをかみしめつつ絶叫するように、直感的に言葉になって出てきてしまったものである。もっというと、熱いヤカンにさわって、うわ、あっちぇ、と声に出すように、ともふささんはその一団を見て、うわ、大人の格好をした小学生じゃん、と思ってしまったのだ。

もちろん、彼らのあいだには共通点がある。それが事実かどうかは置いておいて、そう見える、といった点で。

以下、ともふささんが一瞬で、彼らに感じた共通点を列挙すると……。

髪型が小学生から変わっていないように見える。いわゆる坊ちゃん刈りのバリエーションで、ぺたーり、となでつけられている。

えらく年季の入っていそうな四角い銀縁メガネをかけている。着用率はほぼ百パーセント。たまに黒ぶちべっ甲系もいる。

デザインを放棄したような無味乾燥な白いワイシャツを着ている。考え方として、ファッションというよりは制服なのであろう。襟など糊は無駄に効いているが裾が腰から出ているやつもいる。

なんというか、顔に人生を感じない。実際に皺《しわ》もあまりなく、それなのに若さも感じられない。年輪？　なにそれといった風情で人間ぽくない。若者の容姿を持つロボットを造ったところあまりにリアルで評判がよくなかったため倉庫のなかに積んでおいたらいつのまにか忘れ去られてしまい、耐用年数が二、三十年過ぎたあたりで、ひさしぶりに発見されたのだが、外見の造作は新品同様でまったく変わらないにもかかわらず、過ぎ去った年月がすごく漂う、みたいな印象。

なんか疲れているように見える。ほんとに。

総じて背は低い。不思議とみんな同じくらいに揃っている。

ざっと、こんな感じ。

その一団を見て、うわあ、なんなんだこの連中と思っていると、先頭にいる頭目らしき中年の小学生がばかでかい声で「結局、連中は金がほしいだけなんだよ。金がよ！」などとよほどストレスが溜まっているのか突然怒鳴り、つづけて「たかりなんだよ！」といえば、その言葉を聞いた後ろの連中が、まさしく殿のおっしゃるとおりという感じで、うやうやしく首を揺らし、うんうんとうなずくものだから、ともふささんはすっかりエイリアンの宇宙船のなかで迷子になってしまった地球最後の生き残りのような心境になってしまい、思わず脇に置いたカメラを、こいつだけは守らなければならないと抱き寄せたのだが、一団はそんなともふささんの意思などまるきり無視して、ざっ、ざっ、ざっ、と規則正しく廊下に響く足音とともに次第に彼に近づき、彼をじろりと眺め、どんどん近づいてくると、ついにその無言の圧力に負けて半分倒れこむように両手でカメラを押さえるともふささんの無様な格好など笑いもせずに鮮やかに無視して、ざっ、ざっ、ざっ、とあっさり通り過ぎていった。

あれは、いったいなんだったのだ。

背中に冷たい汗をびっしょりかいたともふささんが顔を上げると同時に、さっきまでいた部屋の反対側のトビラが開き、報道関係者のふたりが出てきて無言で一団を追ってゆく。彼らが目の前を横切ると、一団がやってきた方向の廊下の彼方から小清水くんが脱力系のランニングフォームでゆるゆると手足を揺らし、小走りで駆けてきて三階、三階だってよ、というので、ともふささんはカメラを担いで立ち上がり、部屋のなかからバッグを取って戻ってきた小清水くんの後ろを歩いて会議の部屋へと向かった。

会議室の入り口には、ともふささんの地元では有名な、重金属で汚染された魚を食べることが原因で発症した公害病の名前がおおきく貼りだされていた。それは死ぬまで止まない舞踏のように四肢が痙攣《けいれん》し、意識も破壊されていく病気であり、箸を持ってもくちへ飯を運ぶことができない、さびしいと感じても誰かの手をにぎることさえできない、必死に絞り出す声もなにをしゃべっているのかわからない。と、まあ、何千人もの人生を破壊した病である。

なるほど。ともふささんが、今日は、国土の自然を健やかに保つ官庁とこの公害病の原告団との会議なのか、と訊くと小清水くんは、ああ、いってなかったっけ、といい、聞いてないよといえば、まあそういうことだから、とあっさり返し、さっさと部屋に入っていったのでそのあとにともふささんもつづけば、原告団と対峙《たいじ》しているのはさきほどの小学生の一団と偉そうな頭目であり、彼らは机にひたいをこすりつけるようにして何度も何度も頭を下げ、真剣に申し訳なさそうな表情をし、原告団に対してすごくていねいな敬語を使っていたのだが、なんというか、その光景を見れば見るほど、ともふささんは、こころに暗く冷たい陰が下りたように感じ、なんだかとても悲しくなってしまったことを覚えている。

夕方のニュースも終わり、七時になった。

結局昼過ぎに来た小清水くんは午後中ずっと、ともふささんのオフィスのソファでぐったり寝転び、せわしくテレビのチャンネルを替えつづけていたことになる。そして、ともふささんの仕事はあまり進まなかった。木工家具メーカーのインビテーションカード、様々な建築物に置かれた家具のイメージコピーの文章がそのまま残り、そこから一歩も進めなかったのだ。幸いまだ納期にはだいぶ時間がある。仕方がないことは、仕方がないということにしてそのまま背中にしょった段ボールの箱につっこみ、ガムテープで封をして、明日の朝開けるほかはない。うっかりすると、情け深い神様の導きによる目もくらむような奇跡が待っているかもしれないからだ。

　というわけで、それよりもこの男である。この春に自局のローカル情報番組で活躍している十歳も下の三十路《みそじ》の料理研究家と結婚したばかりなのに、せっかくの休みをこんなところで時間つぶしにあてるとはどうしたことか。ちくしょういい嫁もらいやがって、と家庭的なレストランでの彼女の紹介にはじまり、仲間内での飲み会や、結婚披露パーティーなど、会うたびにちょっと嫉妬《しっと》しちゃっていたともふささんとしては、おおいに気になるところである。パソコンの電源を切りながら「どうしたんだお前、奥さんとケンカでもしたのかよ」と聞けば、ふん、と鼻をならし「三年も彼女とつきあってたくせに部屋に一度も呼んだことがないなんて理由でふられたお前とは、わけがちがう」とふつうにいうので「なんだ、おれとケンカしたかったのか」と訊けば「そんな不毛なこと、誰ともしたくねえなあ。だいたいお前の場合、呼ばなかった、じゃなくてあんまり汚すぎて呼べなかったわけだろ」。

　図星なので反論できない。だから「うるさい。帰るぞ」とだけいってともふささんは椅子から立ち上がった。

「え。飲みに行かないの」

「行かないよ、おれはスランプなんだよ」

「なんだよ」

「なんだよじゃねえよじゃねえよ、まったく気楽な商売のくせしやがって」

ともふささんは、このひとことにイラッと来たが、まあ、まあ落ち着こうとこころのなかでいい聞かせ、事務所のガス栓をチェックし、照明の電源を落としはじめる。すると、しょうがねえなあ、というていで、小清水くんも背骨をまるめてのっそりたらたら立ち上がり、

「じゃあ、おれひとりで飲みにいくわ」。

「そうだな、それがいいよ」といいながら、ともふささんは小清水くんと一緒に廊下に出てドアにカギをかける。階段を下りながら「しかし、ほんとに奥さんとはうまくいってんのか」と訊けば黙りこくるばかりで、それならそれでこれ以上いうこともなく、ビルの入り口を出てすぐ横の、生産時の輝きもすっかり剥げ落ちて灰色に汚れ、花などここ四、五年植えられたこともない朽ち果てた白いプランターの脇で「じゃあな」と挨拶をしたのだが、そこで「あ、心配だな」と小清水くんは声を出し「なんだなんだ」とともふささんがいうと、

「お前、ガス栓チェックした？　あそこおれが最後に使ったじゃん、ほら、コーヒー淹れてさ」

「ああ、それなら、見たよ。ちゃんと締まってた」

「え、ほんと?」

「ほんとほんと、大丈夫だから」

「ええ、だって見たの、お前だろ、心配だなあ」と小清水くんはさらりと失礼なことをいっているわけだが、無遠慮かつ強引な割に、変なところに神経質な部分も長年のつきあいで、ともふささんはもう慣れており、こんなやりとりなどもう数十回、へたをすると数百回も繰り返しているので、ああ、大丈夫、大丈夫と軽くいなして、じゃあな、また今度な、といって手を軽くあげるとそのまま、すっと小清水くんに背中をむけてすたすたと歩きだし、家路に着いた。

壊れたぬいぐるみのように

「ただいま」といってともふささんが寄棟《よせむね》二階建ての我が家の玄関引き戸をガラガラと開けると廊下の中ほど、右手にある六畳の茶の間から今年七十二歳になる父親の、便秘なら牛乳飲むんらてーという声と七十一になる母親の、あんたにいちいちそんなんいわれんてもいいてー、という声が聞こえてきて、ともふささんは、あいかわらずふたりとも耳が遠く、これでは玄関に来客が来てもわからないだろうなあ、と週に何度も感じる思いをまたしても実感し、この玄関先にごろん、と転がる非常に邪魔な物体として実体化しているような「あやうさ」をどう解決すればいいのか考えながら靴を脱ぎ、廊下をみしみし音をたてて歩きだしたのだが、これまた、いつものように「足音がすっろ。だっか来たろ！」と父親がいうのでで「おれだよおれ」といいながら茶の間にひょいと顔を出す。

「なんら、おめらかや」と食事中の父。

「なあに、いうてんの」とかたわらの母。つづけて「いっつもこれくらいの時間に帰ってくるねっけ、あんた、こないだ死にかけてから耳とおくなったわいねえ」。

「そんなんいうてもただいまとかいわんすけ、おらわからんもん」と父。

「そらま、そうらわなあ、あいさつは基本らし、おめ、商売のほうはだいじょうぶなんけ？」と母。

「だいじょうぶらて」真実をいえばあなたがたも私自身もそれほど大丈夫ではないのだが、と思いながらも、いちおう、そうこたえ、ともふささんは六畳間の中心に、どん、と置かれたおおきな座卓の定位置に着く。焼いたさんまの半身に、丸茄子《なす》の浅漬け、茶碗蒸し、あさりの味噌汁が並んでいる。

「いただきます」というと「おう食えー」と父。

「あんたやかましい」という母。

「へっへっ、いいねっかー」と笑う父。元気である。元気であるが、その容姿はやはり昨年の事故による長期入院も影響しているのか、なんというか使い古してくたくたになったぬいぐるみが、座卓の向こうに「くにゃり」と座っているようで、事実、もう魚釣りにも行かず、腰を下ろしたまま全方位に回転できるクッションつき座椅子に背中をうずめて一日中テレビを観ているだけであり、腰を曲げ、銀色の薄い頭髪とひたいの境にできた大きな傷跡を対面のともふささんに向け、椀の上に覆いかぶさるようにして飯をほおばり、さんまの身をほぐし、味噌汁をすすり、茄子をかみしめるその姿は「老い」の二文字を肉体化したらこうなるといったようにも見え（ちょっと難しいけれどイメージとして背骨のまるまって頭が下がった、くにゃり、とした感じを横から見ると「老」の字のかたち。そしてちょうど座卓の下にふにゃっ、と投げ出した右足と左足を上から見ると「い」の字のふたつの線になる感じ）、そういえば小学生のとき、家族三人で山登りにいったのもこんな夏のまんなかごろだったなあ、と、ともふささんは思い出す。登山の途中で足が痛えよー、もう歩けねえよー、と大声で泣くわがままいっぱいのともふささんを、なら、おらがおぶってやるてば、といって父はリュックを母に渡して背中に乗せ、急な山道をまるで頑強な建設機械のように堅実な足取りで、急ぐこともなく、遅くなることもなく、ときどき流行おくれの歌謡曲をくちずさみながらひたすら歩み、そのまま頂上にたどりつくと今度は太い腕でひょいとともふささんのからだを持ち上げ、肩車をして、どうだ気持ちいいろー、と豪快に笑いながら眼下に見える日本海を指差し、こどもごころに、とうちゃんすっげえ、と思ったものだが、いま同じことをしたら、ともふささんを背負った瞬間、複雑骨折というよりは即座に死んでしまうだろう。やせた腕、たるんだ皮膚、深く刻まれた皺、疲れを知らないということが若さをあらわす言葉なら、疲れを知り、積もり積もって、疲れそのものに同化しようというその姿がいまの父の姿である。その点では母も同じで、多少ちがうのはまるまるとしている点であるが、容姿に刻まれた年月は、脱げない服のように、拭《ぬぐ》いがたい。ともふささんも、大衆料金が自慢のキャバクラなどに行けばそこに勤務する青春まっただなかのお嬢さん方から「うっそー、三十いくかいかないかくらいにしか見えないー」と金ピカな声でお世辞をいわれ「じつはそこそこ若く見えるんじゃないの、おれ」なんて、うっすら湧き出す霞《かすみ》のような自信を彼女らの手のひらのうえでコロコロ転がされて喜んでいるわけだが、不惑をとっくに越える生年月日はしっかり役所の戸籍に記されている。戦後、核家族と呼ばれた親子三人の家族形態が大家族にも、独居老人世帯にも進展せず、進む方向を見失ったまま時間だけが過ぎてしまい置き去りにされた感があり、こういう状態をなれの果てともいうが、そうなるとむしろ、ある程度仲良くなければやっていけない。いや、妙に仲がよいから先がないのか、どちらだろう。

食事を終えた家族三人、クイズ番組を寝転んで観ているときに、ともふささんがちいさな音を立てて屁《へ》をすれば、先ほどの廊下の音同様に「なんだ！」と父はびっくりし「なんか変な音したろ」と本気でおろおろしはじめるので、こいつは困ったと思い「なんでもねえさ、おれ風呂入る」といってともふささんは立ち上がった。

手早く風呂につかり、寝巻きに着替えて茶の間に顔を出して、じゃ、と挨拶をすると、ともふささんは缶ビールを片手に自室のある二階へとむかう。おお、おやすみーという両親の声を背にぎしぎしと階段を上った先にあるのは、みなさんもよくご存知の、ともふささんがひとりで使う和室六畳と洋室十畳の二間である。ともふささんは手前の障子をすい、と開け、部屋のなかへと入った。

さて、

座卓の前の壁以外の三方、万年床の布団以外の畳の上すべてに高々と積み重なり、まるでどこかの天に伸びる山脈、あるいは奈落に通じる断崖絶壁のジオラマを「まあ、社会に対するアンチテーゼですよね」とかわけのわからぬ寝言をいいながらわざわざ本で作ってみせたかのような書物の渓谷――そのまま現代美術のコンテストに出せば、けっこういい線まで行けそうな雰囲気さえあった常識はずれのあの部屋が、いまどうなっているかというと、なんとこれがすっきりと片付いている。

ともふささんは、障子をすい、と開けた流れで畳の上をすいすいと歩き、パソコンの鎮座する座卓の前にしかれた座布団に、すっと座った。

かつては布団に横になって眠る際、いま地震が起きたら確実に本に埋もれておれは死ぬ、と夜ごと夜ごとに覚悟していたものだが、現在は座卓とその上に置かれたパソコン、そして座布団以外の家具はなにもない。万年床もいまや押入れ――ないことはなかったのである――のなかにすっきりかたづいている。

戦争直後の瓦礫《がれき》が積み上がった様を書物で再現していたかのような隣の十畳間も、壁に並んだ三つの本棚に本が、みっしりつまっていることをのぞけば、家具はひとつもない。

火事のあとの現場が水浸しという真逆の状態になるように、書物の氾濫していた部屋は、がらんと生気のうせた、ほぼからっぽの空間となっている。

そしていま、ともふささんは座布団にあぐらをかいて座り、ビールを飲みながら、帰り道、なじみの書店で購入してきた小説を読んでいる。座卓の上、キーボードの脇に置かれたビニール袋には、ほかにマンガの単行本が二冊。部屋の状態が変わっても、寝る前に本を読むともふささんの日課は変わらない。ただ、毎月の終わりにどれを捨て、どれを売り払い、なにを本棚に入れるか、一時間ほど考える習慣が加わっただけだ。毎日の終わりに活字のなかへ首までどっぷり浸《つか》るようにして本を読む、ともふささん唯一の贅沢は一年前と変わらない。

もっとも、以前は活字のなかへ没入しっぱなしだったのだが、最近では中学生や高校生が活躍する若者向け小説を読んでは、そういえば幼馴染のこどもが今度高校受験だったとか、不倫がテーマの恋愛小説を読んでは、そういえば大学の同期が離婚したなあと、知り合いの人生に重なることに気をそがれることもままあり、もっといえば、それが自分の人生に重ならないことこそ気がかりの本質でもあるのだが、その本質とやらに対しては無理やり目をつぶり、特に、その去来する違和感の引き金ともいうべき去年の夏の出来事からは徹底して目を背けるようにこころがけており、うっかり思い出したりしないよう、空いた時間にはとにかく本を読むようにしているのだ。そして文中の描写から、はっ、と前述のような知り合いの人生を思い出すにいたり、以下、堂々巡り。

今日も今日とて、ともふささんが読書で味わったのは幸福な時間とはいいがたかった。ビールを飲み終わると、そのまま文庫本を片手に畳の上へ、ごろん、と横になり、ともふささんはページをめくり、めくりながらなにか胸の辺りがうっすらと寒くなるような——なにかをなくしてしまったのだけれど、それがなんなのかよくわからない——漠然とした、とまどいに似た感覚を味わった。この感覚はさきほど説明したような、他人の人生を思い出して気がそがれる違和感とともに、最近、よく感じるものだ。それも、スランプになって頭のなかからいろんな言葉や思い出やそのほか大事ななにかが霞んで消えてゆくような感覚とセットの場合が多い。しかし、これらの感覚に正面きって向き合うと、なにか取り返しのつかない事態をまざまざと発見してしまいそうで、ともふささんにとって、それはなによりおそろしく、そんな感覚など人生のどこにも、もう、ないないあるわけない、もう絶対になかったことにして、活字を追うほか術もなく、気がつくと、ともふささんは風呂上りだというのに背中にうっすら気味の悪い冷たい汗をかきながら「その熱く湿った蜜壺に指を這わすと、背中からまわしたもう片方の手で、しろくたわわな乳房をもみしだき、硬く尖《とが》った薔薇色《ばらいろ》の乳首をじっくり、指でこねまわした」という一文を何度も何度も何度も読んでいるのに頭のなかにはまったく入ってこないのだった。

ある朝の日常

ちゅん、ちゅ、ちゅん、という雀の声が辺りに響く。今日もめざまし時計より早く起きてしまったようだ。ひばりさんはうーん、よしっ、と掛け声をかけると、シーツをぱっと自らはぎとり、上体を起こす。ねぼけまなこをこすりながらベッドのサイドテーブルに載せられた時計のベルのセットを外す。眠いけれど、起きなきゃいけない。ぼんやりした頭だって、からだを動かせばすぐにまわりだすものよ。うんうん、きっと、今日もいい天気にちがいない、なんてこころにぼんやり浮かぶあれこれを頭のなかでゆらゆら揺らしながら、シャッ、という小気味いい音とともに遮光カーテンを開ければ、すっかり明るい空の下、窓の外のベランダの手すりに止まる、まるくてふわふわとした雀の死体と目が合った。すると雀の死体はびっくりしたようで、パッとちいさな翼を開いてちゅちゅん、と飛び立つ。ひばりさんは窓を開け、そのままベランダに出た。夏の朝、新鮮なオゾンをふくんだ、肌に涼しく、さわやかな風がひばりさんの髪を揺らす。ベランダから眼下のマンションの屋上に目をやれば、もともとちいさいのに、さらにちいさくこまごまとした米粒のように見える雀の死体たちが、いくつも首をふりふり元気いっぱい、ちょこちょこ飛び跳ねながらおたがいに挨拶している光景が目に入る。

ああ、なんてかわいいのだろう。

心地よい風に冷やされすっきりとした頭で、今日も、がんばる。と自分にいいきかせると、ひばりさんは部屋に戻り、隅に置いてある大きな姿見をのぞく。そこにはかわいいミントグリーンのパジャマを着たひばりさんの死体が立っている。

異常なし。にこりと微笑み、うなずくひばりさん。今日もあたしは、元気で、いきいきとした死体だわ！　さて、今日は、どんな一日になるのだろうか、朝はゆううつになるひとも多いと聞くけれど、まだ経験したことのない、一番近い未来が今日のこれからなのだから、決まりきった予定を思って悩むより、予定外のどんな素敵なことが起こるのだろうか、わくわくしたほうがいいに決まっているのだ。

ひばりさんは部屋を出てダイニングキッチンに向かう。廊下の途中で、背広姿の父の死体に出くわした。

おお、ひばり、最近早いな。

おはよう、おとうさん。

やっぱり家族が朝、顔を合わせるのはいいなあ。

そーお？

そりゃそうだよ、といって微笑む石榴《ざくろ》のように頭が割れた父の死体。じゃあ、もう行くからな。

うん、いってらっしゃい。父の死体は早足で玄関へと歩いていく。

ダイニングではもう朝食の支度ができている。

あら、ひばり、おはようと声をかけてくる右目の取れかかった母の死体。ごはん、よそうね、といってしゃもじを片手に炊飯ジャーのフタを開く。

テーブルの上にはこんがりと焼けたアジの焼死体。頭から尻尾の先まで、まっぷたつに割られている。その横の小鉢にはいのちを生み出す権利を奪われた鶏の卵が熱湯でゆでられ半分固形化したものに、魚の死体から滲み出る成分を醤油とあわせたものがかかっている。それからもうひとつ、魚の死体を原形をとどめぬほど切り刻み磨り潰したうえ、板にこんもりと塗りたくって高温の湯気で固め、冷たくし、薄く切り分けた半円状のものが二、三切れ、茄子の浅漬けがのった小皿に添えられている。椀のなかで湯気をのぼらせる液体は発酵した大豆のペーストを仕上げに入れる前に、やはり魚の死体から成分を搾り取り、顆粒状にしたものを入れて味を調整したものだ。ほかの家では顆粒状の加工品ではなく小魚の乾いた死体をそのまま布袋に入れ、直接死体から成分を湯の中に染み出させる場合もあるという。ひばりさんは椀にその桜色のくちびるをつけ、魚の死体の成分に満ちた汁をひとくち、すする。

ああ、おいしい。

泥をこねて硬く焼いた椀に泥のなかで実った草の実を水から火に掛けやわらかくしたものをぎっしり詰めて、やっぱり、炊きたてが一番よね、といいながら母の死体はひばりさんの前に置く。

ああ、これも、おいしいわ。とひばりさん。なんだか最近、ごはんがおいしいと思うんだけど。

あらやだ、と母の死体は飛び出た右目をゆらしながら、昔からずっと、おいしいのよう、といって、ふふふ、と笑い、あんたが気がつかなかっただけよう、と最近いきいきして見えるようになった娘の死体にいう。娘の死体が笑顔を返すと、一日のはじまりは、やっぱり食から！　今日も一日、元気でいこう、と母の死体は明るい声で娘の死体にささやかなエールを送るのだった。

バス停には、いつもの顔ぶれの死体が並んでいる。鼻から下をどこかでなくした中学生の死体、腹からぬらぬらと光る真っ赤な腸を引きずった高校生の死体。半身を真っ黒に焼いてしまった中年のサラリーマン。ひざから下をミンチにされた若い女性。榴弾《りゅうだん》かなにかで頭を半分ふっとばされた初老の紳士。腰から下をなくして横たわりながらぴくぴく痙攣するおばさん。みんな元気そうでなによりだ。ひばりさんの死体は、毎日おなじバスを使うのである程度顔は見知っているものの、あいさつは交わしたことのない、ひばりさんにとって人生のエキストラとなるみなさんの悲惨な状況をながめ、肺いっぱいに吸いこむ朝の空気のすがすがしさとともに、また新しい一日が始まるスタート台に立ったことを実感する。そんなことを感じるほど、余裕があるのは、今日もふだんよりほんの少し早めにバス停へと来たからで、ひばりさんの後ろにもうひとり、両腕を付け根からもぎ取られた大学生らしきメガネの若者がならぶと彼は、あれ、このひと最近おれより早いなあ、という視線でちらりとひばりさんの死体を見る。それに気づき、少し自分を誇らしく思うのと同時に、ふと視線を遠くにやると顔面を半分なくした笑顔の運転手がハンドルをにぎる銀色に輝くバスがやってくるのが見えた。本来ならこのタイミングで小走りにバス停に駆けてくるのがひばりさんの日常だったので、おおいに進歩したといえるのである。

バスは今日も混んでいた。ひばりさんの死体は車体の端のほうにぶら下げられたつり革に、まんなか付近から背伸びをするような体勢で手をのばしているため、バスの加速、減速のたびにからだがゆらっと揺れてしまう。最近は、そんな拍子になにか、てのひらのようなものがひばりさんのお尻にあたるのだけれど、それを痴漢といってよいのかどうか、ほんとうに瞬時のことなのでよくわからない。もしかすると、誰か腕の取れかけた死体のそれかもしれないわけで、そんな死体に罵声《ばせい》を浴びせればこちらがひとでなしになってしまう。確たる証拠というか、もっとしつこくされるまでは気にしないほうがよいのかもしれない。でも、しつこくされるとはどういうことなのだろうか。

ああ、そんなこと考えたくない。

ああ、そんなこと考えたくない。

ああ、そんなこと考えたくない。

そんな呪文が頭のなかをぐるぐるまわる。せっかくのさわやかな朝が台無しになってしまう気がして、ひばりさんの死体は見知らぬ誰かの欲望に目をつぶり、なかったことにした。

ピンポン。

降車のボタンを誰かが押した。かならず誰かが押しているはずなのだが、それが誰なのか、ひばりさんは見たことがない。ともかく六つ目のバス停で市街の中央につき、降ります降りますと死体をかきわけ、外に出た。

車道との境界に広葉樹が植えられた赤いレンガの舗道、朝の木洩《こも》れ陽《び》のなかを歩く、ひばりさんの死体。もちろん、そのまわりには早足でそれぞれのオフィスに急ぐ死体たちも当然のように歩いている。傷も死因も死亡時期も様々で、顔のない者、髪のない者、腕のない者、胸の割れた者、腹の裂けた者、足を切り落とされた者、死んだばかりの者、腐乱している者、内臓を落とす者、首が取れる者、鞄を持つ手が落ちる者、そして、

おや、とひばりさんの死体は瞳を凝らす。

あの信号機の向こう、背をまるめてゆっくり歩くあの背中。

それは、直感というより、かぎりなく確信に近いものだった。

ひばりさんの死体は、はっきりと感じたのだ。

あそこを歩いているあの男性は、ひょっとして、まだ死んではいないのではないか。

ああ、なんということだろう。

ひばりさんは思わず小走りに駆け出し、信号を渡り、その男の後姿を追いかける。腕をおおきく振り、足をおおきく踏み出し、速度を上げる。出勤途中の道を全力で走る、そんなひばりさんに目をやる無数の死体の視線も気にならない。いったい、なぜ、どうして、ひばりさんは息をはあ、はあ、とはずませながら男の背後にぐんぐん迫る。

男も背後から勢いよく迫る足音に気づいたのか、歩みを遅らせ、立ち止まる。

ひばりさんの手が男の背にふれそうになったその瞬間、そいつは振り向いた。

背後にひとが走って来た、そのことに驚いた顔。

その感情が、一瞬で収まると、つぎに浮かび上がる、怪訝そうなその表情。

屋上の男は、ほんの少し、怯《おび》えが混じった、ちいさな声で、あの、なにか、といった。

ひばりさんも、驚いていた。

なんでこいつが。

おおきく目を見開き、ともふささんの投げかけたその言葉に、あ、あの、とこたえようとしたその瞬間、胃のなかから朝食べた魚の死体たちが熱く、むせるように喉元へこみあげてきてゲエッ、とえずき、そしてゲロゲロレロレオレロレロ、と立ったまま路上で嘔吐《おうと》した。

それはぬくもり

それは、めったにない経験といえる。

と、ともふささんはあらためて思った。

あれから数日たったが、まるでその瞬間、時間が止まってしまったかのようだった。

まず、若い女性に声をかけられそうになることがめずらしい。

そして、それは、たぶんひとちがいだったのだろう。

それ自体は、ともふささんのあずかり知らぬことで、なんの責任もありはしない。ほんとうなら、あ、すいません。間違えました。いえいえ、お気になさらず、くらいのやりとりですべてが終わってしかるべきものである。

けれども、なんでしょう、と振り返り、顔を見せたとたんにオエーッとあれだけ豪快に吐かれるというのは、いったい、世界に六十億ほどの人類がいるとして、そのうちどれくらいの人間が経験することだろうか。もちろん、ともふささんは年も年だし、美男とはいえない容姿をしているが、他人に不快感をあたえるところまでメーターを振り切った外観はしていないつもりである。ただ、世の中は広い。もしかすると蓼《たで》食う虫も好き好きという言葉もあるのだから、ひとの見た目にもなにかはまったり、はずしたりする「ツボ」のようなものがあり、あの女性に対して自分の容姿は、たぶん「吐き気のツボ」というか、なにかそういうものにはまってしまったのかもしれない。あるいは彼女は意外と数奇な運命のもと陰惨かつ波乱に満ちた激動の人生を歩んでいて、なにか途方もない精神的外傷をかかえており、それはある男の言動、策略、仕打ち、存在そのものが原因によるもので、自分がその「外道《げどう》そのもの」といってよい男に似ているという可能性もある。

などなど、パソコンを前にしてスランプ中のともふささんは、あの朝の衝撃的な出来事をいまだにうだうだと考えている。それは牛の反芻《はんすう》にも似た精神的行為なのであるが、なんというか、この場合、牛ほど上手に消化できない。

あのひと、なんかやだあ、という気持ち的に拒否、というのは相手も人間であるし、特に異性の場合、あるといえばあるであろうが、しかし、吐いてしまうほど、直接肉体に訴えかけるような、あたし、ほんとに駄目なんです、みたいな拒否に出会ったのは初めてであるし、そもそもそんなことを経験する人間はこの地球上に六十億もいる人類のうちで、いったいどのくらいいるのだろう、と思考がいつのまにか元に戻っていたりする。

さゆりさんに依頼されたコピーも、あと一点作れば完成、というところで何日か止まっている。雪原の絵画だけを展示している美術館、その作品を背景にした家具の写真につける文章だ。

ちなみに、樹齢数百年といわれる満開の桜の巨木を背景に、古刹の広い縁側へ置かれた、モダンな洋服箪笥《だんす》の写真につけた文章は、こちら。

めぐりくる、花の季節の追憶も
そっとしまって、次のいのちへ。

時代を越えた桜の木に、世代を超えて愛される家具の姿を重ねたもので、数十年の使用に耐える洋服箪笥というものはそのとき々の家人の思い出が宿った衣類をしまい、次の世代に伝える、じつはロマンチックな装置じゃないのか、と感じて作ったものらしい。

つづいて、山の上にある有名旅館、巨大なガラスの向こうに広がる森の、強烈な緑があふれるそのロビーに置かれた、様々な長方形を組み合わせたようなインテリアラックには、こういう一文を添えた。

旅を重ねた、こころの記録。

陽射しとともに、暮らしのなかへ。


人生とは旅である。ラックに飾る様々な小物は、その旅のお土産みたいなもの、ということらしい。陽射しとともに、というのは、このラックに背板がないところからきているようだ。うん。なるほど。

この街で最も高い商業ビル、その最上階の展望室に置かれた赤いベンチには、こんな方向から迫ってみた。


出逢い、ほほえみ、語りあう。

この街に、美しいふれあいを。


これはパブリックな場所で使われるものをデザインする、創り手の願いを表現したもののようだ。赤いベンチも、シンプルだが洗練されたフォルムをしており、美しいものに仕上がっている。

そして、ともふささんは、冷たい空気を湛《たた》えた雪原の絵を背景に、美術館に置かれたアンティーク調のチェストの写真を、どうしたものかと考えている。

　木製の家具が生活の場にあることで、ひとはなにを得るのか、というところまでもっていきたいと、ともふささんは思っている。思っているがさっぱり浮かばない。なんとなく、なにかがつかめそうでつかめない、つかみそうになっては消えてゆく、あの感覚。

　時間はちょうどお昼頃。

　ともふささんは立ち上がり、給湯設備の前へと歩く。コンロひとつ。流しひとつ。コンロと流しの間には、かろうじてどんぶりがひとつ置けるかどうかの作業スペースがある。ともふささんは、そこでしゃがみ、流しの下のキャビネットの扉を開けると「戸隠そば」と書かれたビニール袋入りの乾麺と、ちょっとおおきめなステンレス三層鋼鍋を取り出した。ほどよい高さまで水を張るとコンロにかけ、沸騰するまでその場で待つ。ころあいを見て、袋を開き、なかの乾麺を適当につかむと鍋にバサッと入れた。流し台の脇に置かれたちいさな冷蔵庫の天面、タオルの上に乗せられたステンレス製の食器かごに手をのばし、つかんだコーヒーカップに水を入れ、沸騰し、湯が鍋からあふれそうになるたびに「びっくり水」をさす。その間に、同じくステンレス製のザルとボウルをキャビネットから出してシンクのなかに重ねて置き、ゆであがるタイミングを見て、そばを一気にあける。もうもうとわきあがるゆで汁の湯気のなかで、ああ、そば湯をとっておくのを忘れたと後悔しながらも蛇口からどう、と勢いよく注がれる流水でそばを洗い、ひととおり熱を取ったうえで、もうすこしそのままにしておき、よし、と小声でいうと、ざっくりと水を切り、それをどん、と応接セットのローテーブルの上に置いた。ザルからは水が滴り落ちているが、まあ、気にしない。ゆでたてのそばを味わうならこれくらいがちょうどいいのだ。ともふささんは冷蔵庫の前に戻ると缶ビールとめんつゆを取り出し、なんかもう、今日は昼のワイドショーを観ながら酒でも軽くいってしまおうかという気分で、そばちょこ、箸とともにザルの横に置き、さてさて、いただきます、といってそばをズズッ、ズズッ、と音を立てて食べはじめた。

テレビでは冷凍食品のCMだろうか、五、六人の幼児がそれぞれの家庭のキッチンでスパゲッティナポリタンを、くちのまわりを汚しながら、夢中になってほおばる映像が流れていた。速いテンポで切り替わるカットのなか、笑いながら食べる子、まるで母親のお人形のように、アーンといってくちをあけ食べさせてもらう子、スパゲッティを食べた瞬間、にこにことテーブルを叩きだす子、などなど。その映像を、ともふささんはじっと、見た。ふだんのともふささんのこどもに接する態度には少々想像力過剰なところがあり、時折、テレビのスペシャル番組で二人三脚の徒競走をふたりではなく、小学校のクラスまるごと三十人で行う『三十人三十一脚』というイベントがあったのだが、ともふささんの両親が、あんれまあ、みんな、かわいげらなあ。あらあ、転んでしもうたあ。ようがんばったのう。観ているこっちも泣けてくんのう。など、いたって素直な感想とともに眺め、感動をありがとう、みたいな気分になっているのに対し、ともふささんは、この、ひたいに汗し、涙を流し、笑顔を分かち合って、みんなでちからをあわせてがんばっている小学生たちを見ながら、将来、このうちの何人ぐらいが借金漬けで首がまわらなくなってしまったり、アルコール依存症になって家族を虐待したり、覚醒剤に溺《おぼ》れて人間以外のなにかになってしまったり、男に裏切られて苦界に身を沈めたり、世の中騙《だま》されるやつのほうが悪いのさと開き直る悪党になったり、世の中金だよという価値観を絶対のものとする高利貸しになって多くの貧乏人を食い物にしたり、ばあちゃんおれだよおれ、じつは交通事故の示談金が必要になってさあ、と見知らぬ老人を騙して身ぐるみはがしてしまう詐欺《さぎ》を働いたり、ひとを殴ったり刺したり殺したりする人間になるのだろうかと、ついつい思ってしまい、じっと観ているうちになにやらもの悲しくなってしまって、途中で席を外すということが多かったのだが、このCMのこどもたちの顔を見た瞬間、なんか幸せそうだなあ、とふつうに思い、そこで、唐突に、両親の寝室にある古い箪笥の表面に、ともふささんが幼児のころに描いた落書きが、消さずに残されていることを思い出した。

ずいぶんと昔のこと、中学生くらいの時分のことだろうか、両親の寝室の高級桐箪笥の側面に、なにか尻尾を持った女の人のようにも見える摩訶不思議なかたちが、マジックのシンプルな線で描かれているのを発見し、これはなに、と母に尋ねたら、お前が生まれて最初に書いた絵らっけの。お前、テレビ番組の怪獣に夢中らったもん、というので、たぶんそうなのであろう。これ嫁入り道具にもってきた、たぁけ箪笥なんらろも、修理ださねで、このまんまとっておいたん。へえ、ともふささんがいうと、母は落書きが描いてある位置、ひざ丈ほどの高さを指で示し、ほうら、こんげひーくいとこに描いてあんの。おめ、こんげくらいの背丈のときがあったんねえ。

なるほど。

ともふささんは、そばをズズッ、とすすって、まことにひさかたぶりに、なにかをつかんだ、ような気がした。だが、しかし、もうちょっとなにかがほしい、と思った瞬間、時間は巻き戻され、あの若い女性に面前で嘔吐されたその瞬間、その凍りついた時間の感覚を、思い出す。

真夏の朝なのに、背骨の裏まで冷たく感じる、世の中すべての動きが止まったような時間。冬の蒼い空気のイメージが重なる。

凍えるような、冬の大気。

いや、これは、書けるんじゃないか。

ともふささんはソファから立ち上がるとそばちょこを持ったままデスクにもどり、四枚目、美術館に置かれたチェストに添える、最後の文章を書いた。

静かに凍る世界の中で
ときを超え、ぬくもりはたたずむ。

ともふささんは、キーボードから手をはなし、椅子の背もたれに体をうずめるように寄りかかると、うっかりコーヒーカップと間違えて、そばちょこのめんつゆをぐいっと飲み、ひととおりむせるとメールソフトを開き、さゆりさんへ原稿を送った。

夕映えの本場所

今度は朝からである。なにがといえば、それは小清水くんである。太陽が燦燦《さんさん》と輝く晴天の今日は、少し遅く、朝十時ごろに事務所へ出てきたともふささん、デスクに座りパソコンの電源を入れ、ネットにアクセスすると、先日さゆりさんへ送ったメールの返信が来ていたので、それをふむふむうなずきながら読んでいたら、まるでともふささんの業務の準備が終わるのを見計らったかのようにドアが開き、うーっす、としまりのないいかたで、しまりのない顔をした小清水くんがずかずかと入ってきてソファにどさっ、と、いかにも二本の足で自分の体を支えるのがめんどうになったので尻から投げ出してみた、みたいな動きで座り、ローテーブルの上にペットボトル入り飲料やスナック菓子が入った近所のコンビニエンスストアの袋とおぼしきものをがさっ、と置いた。

なんだ、とともふささんがいうと、小清水くんは、べつに、とこたえ、袋からダイエットコークの五百ミリリットルボトルを取り出してキャップを開け、テレビの電源を入れてリモコンを握り、「自分の勤め先のチャンネルを押さない選手権・今日も耐久レース」をひとりで開催する。

友人とはいえ傍若無人な態度に、いらっ、としたともふささんだが、そういえば以前にもこれと似たような状況があったことを自分は知っている、と不意に気づいた。

そう、あれは、西日本で巨大地震があったときのことだ。

ともふささんの場合は、その日の早朝、隣県の漬物メーカーと通販用ＤＭの制作打ち合わせを行うため、当時の勤務先であるちいさなデザイン会社の社長、営業、デザイナーとともに、海岸沿いの道路をワゴン車に乗って北上していた。目的地まであと一時間ほどの場所にあるドライブインで朝食をとろうとパーキングに車を停め、建物のドアを開けたとき、客もまばらなホール奥の柱の上にのせられた音のない大型テレビの画面のなかで、ビルの群れが崩れ落ち、白煙に覆われ、炎上する都市の姿を見たのだった。なんだろうなあれ、映画か？

朝から、と社長。その言葉に、なんなんすかね、と適当に相槌《あいづち》を打って、席を確保するため、前へ前へと早足で進んでいく営業。いや、と社長の後ろで立ち止まり、首をかしげるともふささん、あそこに生中継を意味するＬＩＶＥっていう字が出てますから、ニュースじゃないですか。どう見ても日本だよな、と社長。これは、地震じゃないですか、とデザイナー。気がつけば、テーブルを押さえた営業も、その場所で立ったまま、テレビをじっと見つめているのだった。

その後、次々とヘリコプターからの空撮によって映し出される倒壊したビル、巨大な白煙が立ちのぼるオフィス街、炎につつまれる住宅街の映像を見ながら全員無言で、焼き鮭、目玉焼き、浅漬け、納豆、油揚げと豆腐の味噌汁、白米といった純和風なモーニングセットを食べ、ふたたび車に乗り込み、取引先へと向かったのだが、社長以下スタッフ一同どうもいま、たしかに見た映像に対して現実味を感じることがまったくできずにいたわけで、この地震が歴史に残る大惨事となったことをほんとうに実感したのは一日の仕事が終わり、家に戻ってニュースを見てからのことだった。報道される映像やリポートに涙を流しながら、とりあえず財布の痛まぬ範囲で募金はしたものの、自らの生活圏とはほとんど関係のない、遠い場所での災害のため、毎日の仕事だってあるし、こころの中でいいわけをしながら、ともふさささんは、自分ができること、関わることができるのはここまでだと、はっきり線を引いてしまい、他人には見えない胸の裏側に、べったりと「うしろめたさ」が貼りつく感触を恥ずかしいことだと思いつつも、テレビ画面の向こうはともふさささんの生きる世界の出来事ではないと割り切ってしまったのだった。

もちろん、ともふさささんの人生においてはそれでよかったのかもしれない。

だが、小清水くんの場合はちがった。

地震報道も一息つき、ひと月ほどがたったころも、小清水くんは今朝のこの有様のように、頻繁にともふさささんの実家を訪れ、朝から晩までずっとチャンネル選局選手権をやっていたのだった。ともふさささんの両親もあきらかに迷惑顔だったが、リモコン独占とせわしないチャンネル切り替えは、もともと以前からで、それ自体は彼にとってふつうなのだが、なにしろ朝九時にやってきて、夜十二時すぎまでずっといる。休みのたびに。もっと正確にいうと、自分の休みとともふさささんの休みが重なる土日のどちらか一日は、かならずやってくる。ともふささんもこれにはげっそりしたが、両親にいたってはどんどんストレスが蓄積されていることは明白で、ああ、あしたはまた休みがやってきちゃうねえ、と怯えるにいたり、このままではノイローゼになりそうだったので、ある土曜日の夕方、リモコンをがっしりにぎった小清水くんの、大きな背中に声をかけた。

「飲みに行こうぜ」

「え、べつにいいよ」

いいよじゃねえよ。と、ともふささんは小清水くんの手をひっぱって無理やり立たせると、そのまま近所の居酒屋に引きずっていき、そこでビールを一、二杯飲ませたところでわかったのだが、小清水くん、キー局の応援で地震の現場に、もう翌日には行っていたらしい。

とにかくひどかった。街は瓦礫の原で、想像するのも恐ろしいような、ありとあらゆる何かが燃えた臭いでいっぱいで、お前はあんなにたくさんの死体なんか見たことないだろう。みんな、死ななくてよかったひとたちばっかりだったのに、といって小清水くんは涙ぐみはじめる。それは、ともふささんにとってものすごい違和感があった。以前、ともふささんの自宅の茶の間で一緒にお茶をすすりながら、他局のニュースを見ていたとき、鉄道事故のニュースがあり、これって事故っていってるけど自殺だったりすることもあるわけかい、とともふささんが訊けば、まあそうだね、とこたえ、じゃあ死体なんかも見たことあんのか、と訊けば、そりゃああるよ、とふつうにいうので、それはたいへんだなあ、といえば、昔のことになるけれど、とまったく表情を変えないまま話をつづけて、レールの脇のかなり遠いところでなんか光ってるのが見えたんで、なんだあれ、ってうっかり近づいたらダイヤの指輪をつけた薬指見つけてさあ、いや、あれは高そうだったぞ、はははは。などとものすごくふつうに、さらりといってのけたので、そういう現場にはある種の耐性ができているというか、慣れているように思っていたのだが、そうではなかったのか。それとも、そんな人間でさえ、涙を流さずにいられない光景だったのだろうか。ともふささんには想像がつかない。

酒が進めば今度は、お前、相撲は好きか、と意味不明のことを訊いてきた。べつに好きじゃねえよ、嫌いでもないけど。というと、へっ、と、こころの底から軽蔑したような声で、おれは嫌いだね、という。そして、おれの腕力じゃダメだったんだよ、といった。

地震翌日の午後二時くらい。

道沿いに潰れた家屋が並ぶ住宅街の通りのまんなかで、あんた手伝ってくれ、みたいなことを青いツナギを着た作業員風の男にいわれた小清水くんがカメラを道端に置き、同行していたバイトのスタッフと、道を歩いていた大学生とともに、目の前の瓦礫の撤去に加わったのは、もうほとんど反射神経のようなものだったらしい。声がしたんだ、と青いツナギの男はいった。小清水くんがしばらく耳を傾けていると、やはり、一瞬ではあるけれど、うめき声のようなものが聞こえた。正確にいうと、そんなような気がした。すると、その瞬間、ツナギの男は、なっ？　絶対、生きてるよ、と同意を求めてきたのでこれはほんとに聞こえたのではないか。ということであれば、いますぐなんとかしなければならない――と、彼もバイトも青いツナギの男も大学生も必死になり、背中や腰に鈍い痛みを感じるまで、ずっと、潰れた家の屋根や壁や家具などの破片の山を掘り返す作業をつづけたのだけれど、通りがかりの人もさらに四人ほど集まり手伝ってくれたのだけれど、でも、どうしても、どうやっても、かつては団欒《だんらん》の空間を支えていたものの、いまはその巨大な重量で、家族のいのちを押し潰さんと彼らの背中にのしかかっている民家の残骸を動かすことができなかったのだ。その日、その街では、まるで苦痛と苦難の見本市のように、あちこちで似たような光景が繰り返されていた。途中で、重機探してくる、と駆けて行ったツナギの男も、いったいなにがあったのか、戻ってこず、最初に一度、かすかに聞こえたように思えた声も、それ以降は聞くことができず、小一時間ほどたつころには、ああ、もうこれは、ここにいる我々だけではどうにもならないと皆が感じていた。

「あのう、取材しないといけないんじゃないですか」といいだしたのはバイトくんである。

腰を曲げ、足を引きずるようにしながらカメラを置いた場所にもどり、それを抱えてうつむく小清水くんは、疲れて、涙も出なかった。そこで、その犠牲者の家人だろうか、よくわからないが、煤《すす》けて汚れた豹柄のセーターを着たまんまるいおばさんが道路の端に、腰が抜けたような崩れた感じで座っているのに気がついた。くちをだらり、と開けたまま、潰れた家と作業にあたる人々を眺めている。小清水くんは、カメラを構え、そのおばさんのこころをなくしてしまったような表情を録画した。そして思った。

おれって、サイテーだ。

カメラから目を離し、見渡せば、そこにあるものは視野に入るすべてのものが壊れた、瓦礫の大地だった。かなり遠くのほうまで見通すことができるようになってしまった、かつての大都市は身震いするほど真っ赤な夕暮れの色に塗り潰されており、ところどころで何かが燃える白い煙さえ紅く染まり、何本も、何本も、風のない空の高みへとまっすぐのぼっている。

小清水くんが、耐え切れなくなって目を閉じると、遠く、かすかに、どこからか打楽器のリズムが聞こえてきた。トランジスタラジオだろうか。

スコン、スコン、コン、コン、コン、コンコンコンコン……

それは大相撲本場所の寄せ太鼓だった。

そうか、相撲か、と小清水くんは思った。ここでは街ひとつがこんなにぶっ壊れているのに相撲は、いつもと変わらず、やっているのか。そう思った瞬間、小清水くんのなかに途方もない怒りが爆発的に湧いた。

相撲など、やっている場合か？

相撲取りは、怪力無双の豪傑ぞろいなんだろうが！　なんでここに来て、あの梁《はり》を上げてくれなかったのか。おれたちじゃあ駄目だった。でも、すごい力を持っている相撲取りのみなさんが本場所などやめて、いま、ここに駆けつけて来てくれたなら、日本が誇る力持ちの力士さんがたが、あの潰れた家の前にやってきて、にっこり笑って、せいやっ、おいやっ、よっしゃあっ、と、あのおおきな梁を持ち上げてくれたなら！　あのひとも助かったんじゃあないのかっ、いや、いやいやいやっ、きっと助かったにちがいないっ！　そう！そうだよっ！　お相撲さんが現地に来て、みんなを手伝ってれば、きっとこんなにひとが死ななくてよかったんだ！　もっと、もっと、もっと、みんな、助かったんだ！　きっと、絶対、そうにちがいないっ！　ほんとうなら、あのちっこいおばさんは、ありがとう、なんてにこにこしながら、お相撲さんにお礼をいっていたはずだ！　つまりお相撲さんがここにいたら、あのひともきっと死なずにすんだんだよっ！　おれたちじゃ駄目なんだっ！　お相撲さんでなきゃ、ほんとうは、お相撲さんでないとっ……それなのに、それなのに、こいつら、なにをやってるんだ、こ、こ、こいつらは！　あの家の梁を持ち上げることもできない、お相撲さんなど、おれは、おれは、お相撲さんなどと呼ばせないっ！　なにが国技だちくしょうっ！　それがいやならあの梁をいますぐ上げて、ひとひとり、救って来い！　なあ、お前だってそう思うだろう、なあ、お前だってそう思うよなあっ！

と、居酒屋で座ったまま、相撲取りへの呪《のろ》いの言葉を泣きながら大声で絶叫しはじめたので、まあまあ落ち着けといってなだめると、なに、お前はそう思わないのかっ、と食ってかかるので、気持ちはわからんでもないが一気にトップギアにシフトしたあとアクセルをべた踏みするがごとく猛烈な速度で泥酔しやがって、とこころのなかで悪態をつきつつ、ともふささんが、いや、思うよ、思う思う、相撲取りは、あれは悪い連中だよ、というと、あいつらが悪い連中じゃ駄目なんだよう、といってまた泣きはじめるので、とにかく勘定を払って店を出ると、さすがに路上で大声をあげるほど理性も吹っ飛んでいないのか、小清水くんは静かになり、今日のところはもう帰るか、といっても、お相撲さんが、とか、力士のみなさまには、とかあまりにもわけのわからぬ言葉を小声でぶつぶつつぶやいているばかりなので、しょうがねえなあ、と、ともふささんはひとまず自分の家に連れて帰り、アルコールの深い底に意識も美徳も落っことし、どうも探すに探せない、といった状態の小清水くんを座敷に敷いた客用の布団の上に放り投げ、一晩、泊まらせることにした。

そして、その翌朝、七時少し前のこと。

本の城塞《じょうさい》ともいうべき二階の自室で、ともふささんはぼんやり目を覚まし、そういえばあいつ昨日はひどかったなあ、まだ寝てるんだろうかと思いながら、眠い目をごしごしこすりつつ若干ふらふらしながら階段を下りればその途中で、いやあさすがにともふさのお母さんの味噌汁は、いつ飲んでも美味しいですねえ、と元気はつらつな大声が茶の間から聞こえてきた。そのままともふささんが顔を出すと、あんたいっつもそんげことといって、ほんに、ほほほ、なんて、案外、上機嫌な母親とともに小清水くんが座卓で朝食をほおばっているではないか。

スクランブルエッグに、昨晩作ったらしい煮しめの残り、たくあん、だいこんと油揚げの味噌汁。ともふささんの分もすでに並べられており、よう、おはようといっていつもの席にあぐらをかいて座れば、おおう、おはようと小清水くんは返してきた。休日のこの時間、しまおさんは、いつものように、ヘラブナ釣りである。

箸を手に取り、味噌汁をひとくちすすると、胃のあたりがあたたかくなり、生き返ったような気がする。そこで、ともふささんは小清水くんに声をかけた。

「日曜なのに、仕事か」

「まあな。いったん家に帰って、ネクタイしめて」と小清水くん。そこでみいこさんのほうを向き「おいしい朝ごはんを食べてがんばりますよ！」と、気をつかっているのか、ほめちぎる。おや、ありがとねえ、と茶碗を手にほほえむみいこさん。割とふつうにうれしそうである。

「朝早くからたいへんだな」と、ともふささんがいうと、軽くうなずき小清水くんは「おれにも持ち場があるからな」といった。そして、味噌汁をずるずるすすり、こう繰り返した。

「誰にだって、なにがあったって、そこで踏ん張らなきゃいけない持ち場があるからな」

味噌汁の入った椀を片手に持ったまま、小清水くんを見つめるともふささん。なんだか意外なひとことだった。

うっかり「へええ」といってしまった。

すると小清水くんは特に表情を変えることなく「昨日は悪かったな」と返し「すっきりしたよ」と続けた。

「そりゃ、なにより」そういいながら、ともふささんはあたたかなごはんをほおばる。

「働く大人だからな。誰だって」小清水くんもごはんを食べながら「だからといって、あのとき思ったことは、曲げないよ」

なんだかまだ、こころの内でなにかと戦っているのだろう。

「まあ、すっきりしたなら、それでいいよ」ともふささんはそういうと同時に、スクランブルエッグに醤油をかけ、あれ、かけすぎちゃったよこれ、と後悔した。
なんてことが、あったのである。

まあ、なにか吐き出すことで少しでも荷が軽くなったのなら、それはそれでいいことなのだろう、とそのときは思ったし、いまでも思っている。

そして、いまもまた、小清水くんは似たような状況にいるように見える。

このあいだの感じでいえば、どう考えても今年、式を挙げた新妻に関係ありそうでもあったので、とりあえず、なんだよ奥さんとケンカでもしたのかよ、と、ともふささんがいうと、してねえよバーカ、と挑発してきたので、邪魔だから出て行けよ、出て行かないならお前の奥さんに電話する、と返すとソファから跳ね起きて、なんで、あいつの電話番号、知ってるんだ。というので、知ってちゃいけないのかといえば、うっ、と言葉を飲み込み、飲み込んだあとで、お前は、うちのあれとなんか、そういう関係になってないよな？　などと驚天動地《きょうてんどうち》の質問をしてきたので、思わずともふささんは大爆笑してしまい、ひとしきり、ひーひー笑ったあとで、なるわけねえじゃん、とつけくわえると、小清水くんは、いかにも、ああ、やってしまった、という表情で頭を抱え、どさっと音を立てて背中から、ソファに倒れこんで、天井を見つめた。その様子を見て、ともふささんはつぶやく。

「なるほどな」

「うるせえよ」

で、なんでまたと、ともふささんがいうと、しばらくの間、沈黙がつづいたのだが、はあ、というため息とともに小清水くんは語りだした。

「まあ、でもお前が思ってるような、さ、浮気とかってわけじゃないわけだ」

「そういうふうに聞こえたけど」

小清水くんは、天井を見上げたまま、ううん、とひとしきりうなると、ゆっくりと、しゃべりだした。

「ちょっと前のことになるんだけど、テレビ観ててさあ、別れた男と友だちでいられるか、いられないかなんて話を女優とグラビアアイドルとミュージシャンがしてたわけ。それで、ふっ、と思ったわけさ、きみの場合どっちなの、ってさ」

「ほう」と、ともふささん。

「あたしは、いられるほうよねー、としらっとしていうわけ」

「へえ」

「それで、なんか、はっとしてさあ。お前もうちの飲み会、来たことあるじゃん」

「ああ」と、ともふささん。「ホームパーティー好きだよな、お前。バーベキューというか」

地方といっても、さすがにテレビ局の社員である。小清水くんはこの街の郊外に、ひろびろとした庭付きの一軒家を借りている。たしかフローリングのリビングは二十畳もあったはずだ。

「そんな上等なもんじゃねえよ。飲み会でいいんだよ」

「ああ、すまん」と、ともふささん。「で、その飲み会がどうしたっていうの」

「あいつ、男友達いっぱいいて、呼ぶんだよ」

「え。そうか？　その場じゃ、そんなの気がつかなかったけどなあ……いわれてみればそのような気もするが」

「そら、お前がうちのやつの交友関係に興味持つとは思ってないからな、気にならないだけさ。ほんとにいっぱい、いるんだよ、あいつ」

「はあ」

「それでな」と小清水くん。「それで、今度いつもの飲み会やるけど、そんときに昔の男は呼ぶなっていったのさ。で、こないだやったんだけど……」

「ん？」と、ともふささん。「でも、おれ、その『いつもの』っていう飲み会に呼ばれてないけど」

「まあ、それはおおきな問題じゃないし」

「あ、そう」

「で、だ。昔の男は絶対呼ぶな、といったらお前、あれだけぞろぞろ呼んでいた男友達がひとりもいねえんだ。おれは、もうほんとに、びっくりして、あれか、あれはみんな、昔のあれか、って訊いたらよう、そうよ、昔のアレよ！　とかいってあいつ逆ギレしやがって」これまで小清水くんが話したところでまたもや突然、ともふささんは、うひゃひゃひゃひゃひゃ、と、玩具箱の奥に放っておいた笑い袋のスイッチが突然入ってしまったかのように唐突に、ふだんよりだいぶ高い声で涙を流しながら笑いだし、大声で、

「超《チョー》くだらねえ」

といったので、小清水くんは素早く起き上がってともふささんにキャップの開いているコーラのボトルを投げつけ、それがパソコンのモニターにあたると、すかさずともふささんも小清水くんめがけて手元のまだ熱いコーヒーが入っているカップを投げつけた。

ガシャーン！　ソファとローテーブルのあいだで日常生活においてめったに聞かない破砕音を立ててカップは砕け、そのおおきな音にふたりとも動きが止まる。ともふささんが、つ

づけていう。

「はい、ここまで」

「ちっ」

小清水くんは舌打ちをすると、またもやバタリ、とソファに倒れ、足を投げ出し、おおきく息を吐くとちいさな声で「すまん。そして、笑いたきゃ笑え」といった。

「べつにもう、笑いやしねえよ」

机の上も、事務所の床もコーラとコーヒーで汚れてしまった。ロールシャッハテストのように黒い飴色の水が、だらりと広がる。パソコンのキーボードもしたたかに濡れ、これはもう使えなくなったかもしれない。だめだ。午前中は仕事なんかできねえなあ、と思いながら、しゅわしゅわと小声でささやきながらぼたぼたと水滴を落とす、コーラの一夜漬けみたいな状態になった資料の束を持ち上げて、ともふささんは、そうだな、とつぶやき、顔を上げると小清水くんにいった。

「昼飯は、ナポリタンでも作って、食うか」

あるオフィスの日常

かつて、世界は死体であふれていた。

しかし、路上で嘔吐した後、吐瀉物《としゃぶつ》とともに、その感覚さえも失われてしまったのだった。

午前十時。ひばりさんは営業からの発注指示書をチェックしたり、納入業者からの納品書や請求書をチェックすると書類に印鑑をもらうため、つい先日まで死体であったがいまはもうなにものでもない上司の佐々木課長へと提出する。仕事自体に不都合はないのだが、この課長、書類の受け渡しなど、些細《ささい》なタイミングを狙ってかならず、ひばりさんの指や手にさわろうとするのである。最初はひばりさんも気がつかなかったが、意識しはじめると、それは狙えるときならいつでもさわる、といった具合であり、はっきりいって不快なのだが、特にエスカレートしてくるわけでもなく、あまり波風を立てたくないということもあり、表沙《おもてざ》汰《た》にはしていない。けれども、そうしてひばりさんがくちをつぐむことにより、それは、つい先日まで死体であったがいまはもうなにものでもない佐々木課長と、つい先日まで死体であったがいまはもうなにものでもないひばりさんとが共有する一種の秘密めいたものとなっており、その一点で佐々木課長を増長させはしないかと、ひばりさんは不安に思っている。

午前十一時。ひばりさんは、つい先日まで死体であったがいまはもうなにものでもない営業部の近藤くんに頼まれて、会議資料をコピーしている。なんでよその部署の雑事をあたしがやらなきゃいけないのよ、といって怒りをあらわにするわけでもない。つい先日まで死体であったがいまはもうなにものでもないひばりさんは、営業部だけでなく、いろんな部門からちょっと手伝って、といわれることが多く、ひばりさんはそのたびに、はいはい、とそれを引き受けるのだが、その弊害としてひばりさん本人の正規の業務が滞《とどこお》り、残業しなければならないこともあるという、いってみれば損な状態になっているのだ。そんな彼女の勤務態度を、ひばりさんの先輩であるつい先日まで死体であったがいまはもうなにものでもない藤尾さんは、あんたがそんなんだと、うちの部署全体がなめられちゃうのよ、と叱責することもあるのだが、ひばりさんにとって、先輩がなにをいおうがそれは所詮、つい先日まで死体であったがいまはなにものでもないものの意見であり、どれほど真面目に受け取ればいいのだろう、困っているひとがいたら手伝えばよいではないか、という意識もじつはあるため、あまりまともな態度で聞いてはおらず、それがつい先日まで死体であったがいまはもうなにものでもない藤尾さんにとって、非常にはがゆい。根は素直なんだから、あたしのちからでなんとかしてやりたいわあ、なんて思われているように、けっこう、見込まれていることをつい先日まで死体であったがいまはもうなにものでもないひばりさんは知らない。

午後零時。ひばりさんは給湯室で上司や同僚の湯飲みを洗っている。昼休みにいったん下げ、午後の始業時に、インスタントコーヒーから、煎茶、ほうじ茶まで、個人の好みに合わせた飲み物を淹れて配るのだ。今日は、ひばりさんが湯飲みを下げる係だった。ちょっと前までは、同じ部屋、同じ部署に机を並べているとはいえ、けっして親しい間柄とはいえないようなひとたちがくちをつけた器を洗うなんて、なんとなくそれにふれた自分の指先も汚れてしまうような気がして嫌だったのだが、そんな彼らも、もはやつい先日まで死体であったがいまはもうなにものでもないものである。もちろん自分も、つい先日まで死体であったがいまはもうなにものでもないものなのだ。そういうことであれば、ひばりさんは、なにも感じる必要はないし、考える必要がない。だから、つい先日まで死体であったがいまはもうなにものでもないひばりさんは、しごく淡々と湯飲みを洗い、水切りのなかへ重ねていく。

午後零時十分。ひばりさんは近頃、社員食堂でみんなと食事をしない。というのも、同じテーブルについて彼氏の話や、近頃の流行や、テレビドラマの話や、おいしいレストランの話をしたところで、目の前にいるのは、つい先日まで死体であったがいまはもうなにものでもないものだったりするわけで、そんなものになにを話しても、そんなもののなにを聞いても、意味がないではないか。と、自分自身、つい先日まで死体であったがいまはもうなにものでもないものになってしまったひばりさんは思うのだ。それにこの頃は不思議とおなかも空かず、正確にいえば、朝も、夜も、ひばりさんにとっての食事とは、母親が用意したものを、食べるための時間が来たから食べているという習慣に過ぎない。会社でとる昼食に関しては、つい先日まで死体であったがいまはもうなにものでもないものに囲まれながら仲のよいふりをする必要もないし、食べる意味さえ感じない料理をおなかに入れるなど、せっかくの休み時間に、そんな努力などしたくない。うんざりだ、と感じている。だから、ひばりさんはこのところ、お昼になるとあれこれ理由をつけて外に出かけ、近くの公園のベンチに静かに座り、景色をぼうっと眺めていたり、近所のショッピングセンター内にある書店で花の図鑑やインテリアの本を読んだりしている。

さて、今日の昼休みはどうしようかと給湯室を出て、おおきな窓のそばを歩いていると、眼下のビルの屋上が目に入った。そういえば最近、あの男を見ていないと思った瞬間、まさに、その屋上の男がドアを開けて出てきた。

あ。

屋上の男は、きょろきょろするといったん、ドアの向こうへ戻り、今度はスーツケースのようなものを抱えてふたたび出てきた。そして屋上の中央でしゃがむと、そのスーツケースを魔法のように展開し、アウトドア用テーブルを組み立てた。

ひばりさんは、直感した。

あの屋上の男はついに、あのテーブルの上に乗って、あざやかな身のこなしで背の高い赤錆びた金網のフェンスを乗り越え、一気に、まっすぐに、垂直に、目もくらむような速度で落下するにちがいない。

ああ、ようやく。

ようやく、そのときが来た。

そう思うと、ひばりさんは居ても立ってもいられなくなり、もし背中を押す必要があるのなら、あたしがその助けにならなければならないのだ、と魂の奥底から湧き出す強い使命感に動かされ、エレベーターへと早足で向かった。

ゴージャスなナポリタン

「まあ、こんなことはいわずもがなだが」と小清水くん。「そもそもイタリアのパスタ料理にはスパゲッティナポリタンなどというものは存在しない。つまり、あんなものはイタリア料理のふりをした偽物だ。あいつらにいわせれば、そもそもケチャップなんかおれたちの料理に使わねーよ、って感じで、なんというか、パスタをケチャップで炒めるなどというのは、寿司をバルサミコソースで食うのと似たようなもんなんだよ」

「でも、べつにおれイタリア人じゃねえし」と、ともふささん。「ケチャップで炒めてもまければ、それでいいんじゃね」

承服しかねるといった面持ちの小清水くん。「だいたい、あれは、こどもの料理だろう。ペナペナな紙切れみたいなベーコンや弁当用のおこさまウインナーに玉葱、ピーマンを入れてパスタといっしょにケチャップで炒めるだけだからな。かんたんというか素朴というか」

などなど、えんえん文句をいいそうなので「じゃあ、」と、ともふささんは小清水くんを制し、つづけた。

「そこまでいうなら、ちょっとはゴージャスな感じで作ってみようか」

「ゴージャス？」

というわけでふたりは近所の巨大スーパーにやってきた。とはいえ、ともふささんがふだん行く売り場は、乾麺やインスタントラーメン、スナック菓子、酒類のコーナーくらいのもので、大の中年男はふたりそろって迷路に放された知能実験中のマウスのように、あれ、こっちは魚か、いや、むこうはパン屋のコーナーでと、立ち並ぶ商品棚のあいだをうろうろし、いっこうに目的地へとたどり着かない。

「あ、ホールトマトあるぞ、これ買ってけよ」と小清水くん。

「いや、ナポリタンだからそんな高尚なものはいらないね」

「なんだと、お前は強情な豚だ」

「うるせえ、ところでここはどこだ、まったく、スーパーマーケットっていうのは現代社会に出現した本物のダンジョンだな」と、ともふささんがいっても「いや、やっぱりホールトマトだろ」と小清水くんはまだ譲らない。「まったく、お前ってやつはナポリタンがなんたるかさえ知らない、徹底的に見下げ果てた下衆野郎《げす》だ」ともふささんはそう吐き捨てながら歩みを進める。どこへ向かうのかは、また別の問題である。ともかく前へ進むのだ。小清水くんとの共同作業で忍耐が必要なのはいまにはじまったことではない。

ともあれこうして、多彩な、表現としてはむしろ豊かといえるかもしれない、種々雑多な罵詈雑言《ばりぞうごん》をたがいに飛ばしながら、イタリア産の生ベーコン、赤と黄色のパプリカ、玉葱、にんにく、唐辛子、デルモンテのケチャップ、固形のコンソメスープ、エキストラバージンオリーブオイル、パスタの乾麺そして缶ビールワンパック六本入りをレジで精算し、ほうほうのていでともふささんのちいさな事務所へと帰還した。

材料をとりあえずローテーブルの上に置くと、流しの下のキャビネットから庖丁とプラスチックのまな板を取り出してその脇に置き、下ごしらえをはじめる。ここ、なんでもあるな、とソファに座る小清水くんがいえば、ともふささんはにやりと笑い、ぜんぶ仕事のサンプルだよ、とこたえる。そして、だいたい材料のカットが終わると、今度はちいさな冷蔵庫のドアを開け、こいつも使うといって洋梨ラ・フランスのワインを持ちだした。

「洋梨のワイン？　見当つかないな」

「大丈夫」と、ともふささん。「おれも作るの、はじめてだから」

「前後の言葉が合ってねえぞ」といいながら小清水くんも冷蔵庫からさっき入れたばかりの

缶ビールを取り出し、プルタブを開ける。「これ、もらうよ。まあ、幸運を祈ってるわ」そういってひとくち飲んだ。

おう、祈れ、祈れ、勝手に祈れ、といいながらともふささんは、たったひとくちしかないコンロの前に立つ。とりあえず、パスタをゆでつつ、ソースを作るという芸当はまるでできないので、段取り勝負である。まず最初にフライパンを温め、オリーブオイルをさっとなじませ、そこに刻んだにんにくと唐辛子、そして、ベーコンを投入する。にんにくの香りがただよい、ベーコンの脂が焼け、唐辛子の風味が煙に混じるようになったら火を止めて、コンロからおろす。三つの食材の味がほどよく油に溶けているはずだ。つづいて、パスタをゆでにかかる。小清水くんが、腹へったなあ、早いほうがいいよ、とつぶやきながら適当にチョイスしたパスタは直径一・四ミリ、ゆで時間は五分。それを、四分ちょっとで切り上げ、流しのザルにあける。ざっ、ざっと湯きりをしたら、あとは時間との勝負。さきほどのフライパンを鍋の替わりに火にかけ、パプリカと玉葱を入れ、すこし熱が入ったところでラ・フランスのワインをどばっ、と注ぎ、固形コンソメスープのキューブを放り込む。じゃっ、じゃっ、とフライパンを振ったら、流しのパスタに手を伸ばし、これもフライパンにどさっ、と入れ、味のベースになるワインソースとなじませながらケチャップをだばだばとかけ、ひたすら混ぜる。そこではじめて、なんか混ぜにくい。これ量が多いなあと気がつくが、まあ、問題はない。どことなく、水気も飛んだなあ、と思ったら、完成だ。

「塩、コショウは？」と小清水くん。

「うーん、」と、ともふささん。「ベーコンの塩と唐辛子の辛味がきいているはずだから、味付けはケチャップだけでいいだろう」

「かんたんだな」

「シンプルといえよ」

ともふささんは、またしても流しの下のキャビネットをごそごそと探し、おお、あった、あったといいながら紙皿のパックを取り出す。

「キャンプかよ」と小清水くん。

「そうだよ。キャンプ用品のカタログ作ったときにもらっておいた」

「いい商売だなあ、お前」

「あ、」と、ともふささん。「アウトドアのテーブルセットも、もらってたんだよ。天気もいいし、外で食うか」

ともふささんがデスクの後ろに置いてあるいくつかの箱のうち、ひとつを取り出して開封すると、それは木目調のスーツケースで、これを広げ、内蔵の脚を伸ばして取り付けることでテーブルになるらしい。

いや、意外とこれ、重いな。こんなに重かったかな。はたして、この仕事をやったのはどのくらい前になるのか思い出そうとしているともふささんの横で、おお、いいねえ。これはいいよ、と、真っ赤に燃えた隕石がフルスイング中の野球選手のバットめがけて落下してくる確率と同じくらい珍しく、小清水くんが素直に賛意をあらわす。

じゃあ、お前、椅子運べ、といわれても、運ぶ運ぶとふたつ返事なのだから、かなりの珍事である。

ともふささんは屋上へと続くドアを開け、いちおうほかに誰もいないか確認してからそのまんなかにテーブルをセットする。そのあとから、布張りのフォールディングチェアをふたつ、小脇に抱えた小清水くんがあらわれる。もう片方の腕に、まだだいぶ残っている洋梨のワイン。あとでカップも持って来ようぜ。

結局二階の事務所から屋上まで二度も往復することとなり、ふたりとも、意外と手間取ったなあと思いながらも、いまやテーブルの上にはともふささん流のナポリタンがたっぷり入ったフライパン、洋梨のワイン、缶ビール、紙皿、割り箸、マグカップがならび、気分はもはやキャンプである。いやあ、太陽の下で飯を食うのは、やっぱり、いいなあ、といいながら小清水くんは紙皿にとったナポリタンを、ほおばる。

「おっ」

「どうだ？」と訊ねるともふささん。

しなやか、かつ、もっちりしたパスタと、熱を通して酸味の角が取れたケチャップ、このふたつの味がしっかりと主張しあいながら、ベーコンの塩味と油の旨味、ワインの風味、にんにくの香りや唐辛子のアクセントがそこに絡む。パプリカや玉葱のしゃりしゃりとした歯ごたえが食感を彩る。

「うまいな、これ」

「ははははは」と、ともふささんも笑いながら、ひとくち。「うん、まあ、いけるね」

「いやあ、これだけできれば上々だろう、だって、これナポリタンだぜ」

「はははは」

「イタリア生まれのふりをした、いんちきパスタなのに、なんか落ち着くなあ。昔、こういうの食べた感じを思い出すよ。まあ、こっちのほうがうまいけど」小清水くんが缶ビールを飲みながらそういうと、ともふささんもこう返す。

「まあ、おれらがガキのころはあれはあれでご馳走だったわけだしなあ。なんにせよ、うまけりゃいいんだよ。食い物なんだから」

「そうだな」と小清水くん。紙皿の上のナポリタンをじっと見ながら、「そりゃ、そうだ」

とつぶやき、うん、うん、とうなずくと、ドアがバン、とおおきな音を立てて威勢よく開いたので、ふたりともあわててそちらを振り返れば、そこには、あの、忘れもしない、ともふささんの顔を見たとたん猛然と嘔吐した、うら若き女性が立っているではないか。

ともふささんは驚いてのけぞり、のけぞったせいで椅子の重心が後ろに傾き、そのまま倒れそうになるところを脚をばたばたとばたつかせて踏ん張らなければならないほどで、うら若き女性こと、ひばりさんも、身投げの予感とはほど遠い予想外の、ゆるく、なごんだ光景に目をおおきく見開いて驚いており、これはいったいどうしたことかと呆然《ぼうぜん》としていると、何の事情も知らない小清水くんが、お嬢さん、あなたもパスタ、いかがですか、などとふだんより低く渋い声でいい、けっこういい感じに誘えているなあ、といった面持ちで得意気にフライパンを指さすのだった。

それでいいのだ

屋上の男は、うひゃひゃひゃひゃ、と笑った。いつも見ていた厭世感たっぷりの、にやにや笑いとは、ずいぶん印象がちがう。そしてこういった。

「えーっとですね、飛び降りないです」

「あっ」

とりあえず、そうなのだろうとは思っていたものの、正面きってそういわれると、驚くというか、予想とちがうというか、残念というか、ひばりさんはいろんな感情があちこちから瞬間的に湧き出して混ざり合うような感じがしてとまどい、もういちど、

「あっ」

といったあとでようやく、
うん、うん、とうなずいて、

「そう。そうですよね、やっぱり、飛び降りないですよね」

その目の前では事務所に駆け足でもどり、パイプ椅子と紙皿、箸、コップとひとそろい抱えてきた小清水くんが、休むまもなくフライパンからスパゲッティナポリタンを取り分けている。

コップに洋梨のワインを注ぐともふささん。「まあ、ちょっと食べていってくださいよ。いっぱい作りすぎちゃって」だいたいこのへんか、といったところで瓶の首を、さっと上げる。きゅっ、きゅっ、とキャップを締めながら「なんだか知らないところでご心配もかけていたようですし」。

「あ、いえ、心配だなんて、そんな」

そういえば、とひばりさんは思う。最初は心配をしていたはずだったのだ。もう、遠い、はるか彼方《かなた》の昔という気もするけれど。

「お嬢さん、」と声をかける小清水くん。「どうぞ」といってナポリタンをさしだす。「僕たちが一生懸命作りました。おくちに合えばよいのですが」

僕たちって、お前は何もしてないだろ、と、ともふささんは絡もうとしてやめた。紙の小皿を両手で持って、じっと料理を凝視するひばりさん。その様子が気になったからだ。どうしても考えてしまうのは、まさかまた吐いたりしねえよな。ということである。

ひばりさんは、そんな視線にも気づくことなく、オレンジ色の麺にカリカリに焼けたベーコンや赤や黄色のパプリカが散らばるナポリタンを、穴が開くほど見つめている。なぜなら、ケチャップやにんにくを炒めた、その香ばしいにおいをかいだ瞬間、おなかが空いている、という新鮮な感覚を強烈に感じたからである。そういえばここしばらく、そんなこと、感じたこともなかった。なぜだろう。

ひばりさんは、意を決して「いただきます」といって箸を取り、たっぷりのパスタを、むん、とほおばる。

ひばりさんの顔をのぞきこむ、ともふささんと小清水くん。

ひばりさんは、もぐ、もぐ、もぐ、もぐ、とひと噛みひと噛み、ものを食べるとはこういうことか、と確認するかのごとく、しっかり噛み、味わう。そして、

「おいしい」

とひとことというと、また次のひとくちをかきこんだ。

「おーう」と期せずしてユニゾンで声をあげるともふささんと小清水くん。

その様子も目に入らず、一心不乱にパスタを食べ、ワインを飲むひばりさん。その目にはいつしか涙が浮かんできて、あれどうして涙がでてくるのだろうと思った瞬間、げふん、とむせ、そのことにともふささんが、びくん、と驚くのも気づかず、今度はうっ、うっ、うっ、と声を押し殺して泣きはじめた。

ああ、びっくりした、という表情のともふささん。また吐くかと思った。その、ともふささんに「おいおい、」と大仰に声をかける小清水くん。「こんなに感激してくれるって、やっぱりそうとう、うまかったんだな」

お前もつくづくバカだな。と返そうとしたその瞬間、やっぱりやめておこうと、ともふささんは思った。小清水くん、この子に気をつかわせないように、わざと大声でそういっている可能性もあるのだ。そもそもなんで泣きだしているのか、なんだかさっぱり、よくわからないけれど、うまいうまいといって、食べてくれているのだから、怒っていようが泣いてい

ようが、どうでもいい。

「うまけりゃいいのよ。うまけりゃ」

そういいながら、ともふささんもナポリタンをほおばった。

それで、いいのだ。

彼方からのメール

そこで、あたしは思うのです。好きだとしても、思いきり依存してしまうことは、あんまりよくない。主人公のマリカちゃんがいうように、恋愛というのは救ったり、救われたりするものではないのかもしれないなと。あるいは、そういうふうに誤解してしまうから、壊れちゃったりするのかな、と。恋愛の、それとも、ほんとに人を愛するっていうのの、よい状態っていうのは、たぶん、その人の隣に並んで、あくまでも自分の足を使って、ともに歩いていくことを、こころの底から「楽しい」と思える状態なんじゃないのかなって。ただ、そのとき、自分が一生懸命歩こうと努力するのはわかるけど、もし、隣を歩く、愛する人が、歩けなくなっちゃったら、あるいは、歩こうとしないような人の場合、自分はどうすべきなのか。やっぱり、正解は出ないのです。おたがいのことを好きなのは、わかっているのにね。人生は選択の連続だという人もいましたが（いたっけ？　いたよね？）その選択が正しいかどうかは、なかなかわからないものです。だからこそ、占いやおみくじなんてものも、みんな喜んでやるのでしょう。すべての可能性が目の前にあるということは、すべてを選べると喜んだほうがいいのか、どれかひとつなど選べないと怖くなっちゃうのか、結局、いままでどう生きてきたのかというのが問題になるのかな……重いですか？　重いよね。まあ、あたしが最近話題の『ロビンソンの恋』を読んだ感想はそんな感じです。なんでこんなヘタうまな絵のマンガが評価高いのかなって思ってたんだけど、やはり、好き嫌いせずに読んでみるものです。やっぱり人生ってやつは、一生勉強なのかもね。さすが、マンガ好きの財務大臣がブログでおススメしているだけのことはありました。ところで最近、ともちんが独立したのを知りました。まだ自宅にいるのも知っていますが、それでもおおきな決断したんだなって思います。何か、いままでとちがったものが見えたり、見つかったりしました？　仕事は順調？　一度、オフィスのほうに遊びに行ってもいいですか。

返事、待ってるね。

はるか

秋の朝、仕事の前に

メールを読み終わったともふささんは、おおきく息をつくと、椅子の背もたれに体を預けた。

陽射しにも落ち着きを感じるようになった、ある秋の日の朝、ともふささんの事務所のパソコンには、あと二通のメールが届いていた。

さゆりさんからのメールでは木工家具メーカーの見本市出展が大評判のうちに終わったこと、リーフレットの写真につけた文章をクライアントが気に入り、それぞれのポスターを制作することになったということが綴られていた。最後に、だけど先輩の腕なら、もうちょっといいものができたんじゃないですかね、などと生意気なことが書いてあるので、こいつにはやはり、もっとおれを尊敬しろよ、と再度いわねばなるまいと、ともふささんはこころにかたく誓った。

ひばりさんから来た、ひさしぶりのメールには、衝撃的にかわいいです。というかんたんなコメントとともにインターネットの動画サイトへのリンクが貼られている。その先を訪ねると、まんまるでまっしろでふわふわなスコティッシュフォールドの仔猫がカフェオレボウルのなかで、そうとう眠いのか、うつらうつらと首を振っては、はっ、と目覚め、しかしまぶたの上に重くのしかかる眠気には勝てず、またしても舟をこぎ、こいではまた、はっ、と目覚める様子が映っていた。

なるほど。これはかわいい。

あの屋上での再会以来、ひばりさんはともふささんに、街やネットで見つけたかわいいものを知らせるメールをときどき、送ってくる。コメントは一行程度で、ネットの画像ならリンク、街でみかけたものなら携帯電話で撮影した写真の添付のみという、いたってシンプルなものである。性格があわてものなのか、ごくまれに世界の衝撃映像みたいなグロ動画をリンクで貼ってくることもあるが、まちがってたよ、と指摘すると、ちゃんと、すいません、といいながらリンクを送りなおしてくれる。まことに、ていねいなひとだ。じつは、ともふささんの生活の中で、かわいい、という価値観はいままであまりなかったものなので、メールが届くそのたびに、世界がほんのすこし、ひろがるような気がしている。

つけっぱなしのテレビでは、報道記者の小清水くんが登場し、県のお偉いさんにインタビューを行っている。

朝っぱらから、こんなに親しい人たちのメールや顔を見るなんて——ともふささんは思う。まるでテレビドラマの最終回に、今までの登場人物がいっせいに顔を出す、あの展開みたいだな。

ともふささんは手元のリモコンでテレビの音量をぐっ、と上げる。

「それでは、災害が実際に起きたと仮定して、県民は安心してもいいというわけですね」

そう語る小清水くんの声に耳を傾けながら、ともふささんは、デスクの上に置かれた今日の仕事の資料を手にとり、ページをめくった。

最終回には、まだ早い。

新しい一日が、また始まる。

受賞者コメント

このたびは第二回「暮らしの小説大賞」をいただき、誠にありがとうございます。いろいろとカオスな小説ではありますが、評価してくださった審査員の先生方、編集の皆様、産業編集センターの皆様に厚く御礼申し上げます。

私が最初に小説らしきものを書きあげたのが二十歳くらいの時期で、実はそれが縁で今の仕事に就いています。文章を書くのは楽しいですが、楽ではありません。ぶっちゃけた話をすると、いまだに「てにをは」だって、けっこう悩みます。それに自分の仕事には「新たな視点を導入することで対象の魅力を再発見してもらう」みたいな作業もあり、なんというか、毎日「これでいいのか」と自問自答しながら仕事に臨んでいます。会社に所属していた頃は自らの「暮らし」をすり減らしながら職務にあたっていた気がしますが、フリーになってみると、仕事を巡るゴタゴタや七転八倒のすべてが私の「暮らしそのもの」になったような気もしており、以前と現在、どちらが健康的な生活だったのか、実はよくわかりません。自分が二十代の若者だった頃、

ＮＨＫのドラマで「人生一寸先は闇。だから怖くて面白い」というセリフを聞き、なるほど「生きる」とはそのようなものかと感心して、四十代のオッサンとなる今日まで忘れずにいたのですが、実は、受賞の一報をいただいた際、頭に浮かんだのがこの言葉でした。まさしく、人生は驚きの連続です。これからも何が起こるかわからない毎日を楽しみながら（あるいは文句をぶーぶー言いながら）、たぶん死ぬまで何かの文章を書きつづけているような気がします。だから今回の受賞は、とても、とても、嬉しかったです。

皆様、本当に、ありがとうございました！

二〇一五年秋

丸山浮草

本書は第二回暮らしの小説大賞受賞作（二〇一五年五月発表）に加筆し修正を加えたものです。

丸山浮草 UKIKUSA MARUYAMA
1966年生まれ。新潟県在住。
新潟大学法学部卒業後、地元デザイン会社企画課長を経て、
フリーランスのコピーライター。
『ゴージャスなナポリタン』で
第二回「暮らしの小説大賞」を受賞しデビュー。

2015年10月23日　第一刷発行

著者　丸山浮草
カバー写真（調理、撮影）　飯島奈美
装幀　albireo
発行　株式会社産業編集センター
〒112-0011 東京都文京区千石4-39-17
印刷・製本　大日本印刷株式会社

ISBN978-4-86311-122-6 C0093

暮らしの
スペシャリストと選ぶ、
新しい文学賞。

暮らしの小説大賞

第3回
原稿
募集中!

暮らしの小説大賞は、〈暮らし〉と〈小説〉をつなぐ存在になるべく、選考委員に暮らしのスペシャリストを迎え、スタートしました。

賞のテーマは、私たちの生活を支えている〈衣食住〉。

本気で小説家になりたいと思っている人はもちろん、小説とは縁のない人生を送ってきた人も、ぜひ応募してみてください。

ジャンルやスタイルにとらわれない、自由な発想の新しい才能をお待ちしています!

生活の、
もっと身近に
小説を

応募要項

【内　容】生活・暮らしの基本を構成する「衣食住」のどれか一つか、もしくは複数がテーマあるいはモチーフとして含まれた小説であること。
【応募原稿】400字詰め原稿用紙200～500枚程度。もしくは8万～20万字程度。
【応募方法】文書形式（.doc .docx .txt）で保存したファイルを「暮らしの小説大賞」ホームページ上の応募フォームよりお送り下さい。（手書き原稿や持ち込みは不可）
【　賞　】大賞受賞作は単行本として出版。
【締　切】2015年11月25日
【発　表】2016年5月
【主　催】産業編集センター出版部

選考委員

飯島 奈美
（いいじま なみ）
フードスタイリスト

石田 千
（いしだ せん）
作家、エッセイスト

幅 允孝
（はば よしたか）
BACH（バッハ）代表
ブックディレクター

詳細・応募先は　暮らしの小説大賞　検索　http://www.shc.co.jp/book/kurashi/